BASTEI
LÜBBE

John B. Keane

Engelsstimmen

Weihnachtsgeschichten aus Irland

Ins Deutsche übertragen
von Eva Malsch

BASTEI
LÜBBE

BASTEI-LÜBBE-TASCHENBUCH
Band 12 748

1.+ 2. Auflage November 1997

Deutsche Erstveröffentlichung
Titel der irischen Originalausgabe:
The Voice of an Angel
and Other Christmas Stories

Printed in Germany, November 1997
Einbandgestaltung: Dieter Ziegenfeuter
Satz: hanseatenSatz-bremen, Bremen
Druck und Bindung: Ebner Ulm
ISBN 3-404-12748-X

Der Preis dieses Bandes versteht sich einschließlich
der gesetzlichen Mehrwertsteuer.

Inhalt

Die Stimme eines Engels

»Ein betrunkener Weihnachtsmann ist besser als gar kein Weihnachtsmann.« Diese Bemerkung hörte ich in der Küche einer Nachbarin, einer schrecklich frustrierten Mutter von sieben Kindern, deren Ehemann nicht wie versprochen von einer Sauftour in der City zurückgekommen war. Dort hatten ihn, wie er später behauptete, ein paar whiskyselige Jugendfreunde aufgehalten. Weil Maggie Cluney – so hieß die unglückliche Mutter – bereits ahnte, daß er nicht rechtzeitig auftauchen würde, spähte sie nachdenklich in meine Richtung.

In jenen Tagen war ich ein dürrer, knochiger Junge, der etwa neunzig Pfund wog und, vor allem um die Taille herum, meilenweit von einem akzeptablen Weihnachtsmann entfernt. Maggies Schwester Julie Josie – die einzige andere Person in der Küche, die mehr als zehn Jahre zählte – hatte vorhin angedeutet, sie sei betrunken, und damit die Einleitung zu dieser Geschichte geliefert.

Nachdem wir eine Stunde lang auf sie eingeredet und ihr zwei heiße Whiskys serviert hatten, machten wir ihr endlich klar, niemand könne die Rolle so gut spielen wie sie. Schläfrig und schwindlig stand sie auf und verkündete, nun würde sie in ihr jungfräuliches Quartier zurückkehren, um ihren Rausch auszuschlafen und sich vom ungewohnten exzessiven Alkoholkonsum zu erholen. Bevor sie zur Tür hinausstolperte, schickten wir die Kinder in den Hinterhof und drückten ihr die Ausrüstung des Weihnachtsmanns in die Arme, vom falschen Bart bis zu den Stiefeln, von der Mütze mit der Quaste bis zum weiten zinnoberroten Mantel, und schließlich eine Tasche voller Geschenke, für jedes Haushaltsmitglied eines.

Auf der Straße würde sie niemandem auffallen. Sie wohnte gleich um die Ecke. Außerdem wimmelte es da draußen von Weihnachtsmännern in verschiedenen Stadien der Trunkenheit. Aber die meisten waren wohl nüchtern und respektabel, im Vollgefühl der heiligen Mission, die man ihnen anvertraut hatte. Unser spezieller Weihnachtsmann, Julie Josie, traf ohne unglückselige Zwischenfälle zu Hause ein, schleppte sich die Treppe hinauf und sank in ihr einsames Bett, wo sie sofort einschlief.

Bald erfüllten leise, rhythmische Schnarchlaute den Raum, melodisch und sehr feminin. Irgendwie erweckten sie den Eindruck, in ihrem Unterbewußtsein würde sie sich nach einem Gefährten sehnen, der ihr kaltes Leben erwärmen und ihm einen anderen Inhalt geben würde als ein gelegentliches Glas Whisky. In ihrer nüchternen Alltagswelt würde sie solche Wünsche niemals eingestehen. Wenn man über ihren Single-Status witzelte, verunglimpfte sie alle Mitglieder des anderen Geschlechts so vehement, daß manche Leute meinten, die Lady würde zu sehr protestieren. Jedenfalls war sie eine gute Schwester und Tante und Schwägerin, stets *in loco parentis*, wenn Maggie wieder einmal ein Kind zur Welt brachte, und bei Nichten und Neffen und ihrem Schwager sehr beliebt, während die Hausfrau das Bett hütete.

Der Abend dauerte bis zur neunten Stunde. Genau zu diesem Zeitpunkt stieg Julie Josie aus ihrem uneinnehmbaren Bett. Sie ging in ein Zimmer im Erdgeschoß, wo sie ins Kostüm des Weihnachtsmanns schlüpfte und die Tasche mit den Geschenken um die Schulter hängte. Im Haus ihrer Schwester wurde sie freudig begrüßt, und der Schwager erklärte, sie müsse sich unbedingt mit einem Schluck Whisky stärken, ehe sie die Gaben verteile. Erst danach holte er die Kinder aus den beiden kleinen, gemütlich überfüllten Schlafzimmern neben der Küche.

Ehrfürchtig blieben die jüngeren im Hintergrund, während die älteren ihre geliebte Tante stürmisch begrüßten und so taten, als wäre sie tatsächlich der Weihnachtsmann. Manche Menschen müssen nur einen roten Mantel tragen, und schon verbreiten sie eine angenehme Weihnachtsstimmung. Dazu gehörte auch Julie Josie. Nachdem jeder sein Geschenk erhalten hatte, saßen alle am Feuer. Die Kinder tranken Limonade und aßen Weihnachtskuchen, die Erwachsenen nippten am Whisky und erzählten Geschichten von längst vergangenen Tagen, wo Gänse wirklich noch Gänse gewesen waren, wo es zu Weihnachten immer geschneit und der Geist eines liebevollen Ahnherrn im Schornstein geflüstert und der Gastwirt ein winziges Kind abgewiesen hatte, mit der Behauptung, in seinem Haus sei kein Zimmer frei.

Bei diesen sentimentalen Erinnerungen floß so manche Träne in den Whisky. In der Nachbarschaft wurde gemunkelt, Julie Josie habe genug Tränen vergossen, um die *Titanic* auf deren Fluten zu tragen. Sie war nun mal rührselig, freundlich und ungeheuer großzügig. Ein paar Whiskys nach ihrer Ankunft meinte sie, nun müsse sie sich verabschieden. Sie lehnte jede Hilfe ab, die ihr angeboten wurde, und weigerte sich noch entschiedener, das Kostüm auszuziehen. Immerhin kannte sie ihren Heimweg, oder? Ging sie nicht schon zum tausendsten Mal nach Hause? Und außerdem – was sollte ihr zu Weihnachten schon passieren, wo die Herzen aller Menschen vor edler Güte strotzten, selbst wenn sich die Bäuche mit Bier gefüllt hatten?

Doch sie war betrunkener, als sie dachte, denn sie taumelte an ihrer Straßenecke vorbei und stadteinwärts, in Richtung der Gemeindekirche. Ohne den Irrtum zu bemerken, summte sie fröhlich vor sich hin, schwankte nach links und nach rechts und vor und zurück, in rekordverdächtigen Dimensionen. Schließlich legte sie fast hundert Meter zurück. Hätte Kanonikus Coodle, der Gemeindepriester, der ständig wachsenden Schwungkraft nicht Einhalt geboten, wäre sie vermutlich in einem Vorort oder sogar am Ufer des Flusses gelandet, der die Stadt umfloß.

Zum Glück war der Kanonikus ein Mann von beträchtlicher Leibesfülle. Mühelos umklammerte er das betrunkene Weihnachtssymbol, das in seine Arme sank. Obwohl er dem Alkohol nur in Maßen zusprach, brachte er Verständnis für jene auf, die bei besonderen Anlässen zu tief ins Glas schauten. Er mochte vorwurfsvoll den mächtigen Löwenkopf schütteln, wenn er mit Extremfällen konfrontiert wurde, und in seinen Predigten auf das Leid hinweisen, das die Ehefrau und die Kinder eines Trunkenbolds ertragen mußten, aber er blieb stets barmherzig. Der arme

Mann hatte nur einen einzigen Fehler – er war ziemlich zerstreut. Aus diesem Grund konnte er die Person, mit der er zusammengestoßen war, nicht identifizieren. Er nahm an – und wer durfte ihm das verübeln? –, sie wäre männlichen Geschlechts, so wie alle unidentifizierbaren Betrunkenen, die ihm begegneten. Also führte er sie in ein warmes Zimmer über seiner Garage, so wie die anderen im Lauf der Jahre, legte die inzwischen völlig verwirrte Julie Josie aufs Bett und überließ sie ihrem Schicksal – felsenfest überzeugt, sie wäre ein Mann, würde ihren Rausch innerhalb weniger Stunden ausschlafen und dann zu ihrer Familie zurückkehren.

Während er auf Zehenspitzen die Treppe hinabstieg, hörte er beruhigende Schnarchlaute, die in ihm die Hoffnung weckten, bald würde alles wieder in Ordnung kommen.

In den frühen Abendstunden war eine andere beschwipste Seele mit der Rolle des Weihnachtsmanns betraut worden, obwohl der Mann sie noch nie gehabt hatte und weder Kind noch Kegel besaß. Er hieß Tom Winter und sah sogar im Sommer frostig aus, denn der arme Kerl trug täglich eine blaue Nase zur Schau und zitterte fast immer.

Wie aus verläßlicher Quelle zu erfahren war, erholte er sich meistens von irgendeiner Sauftour. Die Leute, die ihn am besten kannten, pflegten zu betonen, er würde nur an den Wochenenden trinken. Aber dann so viel, daß er die nächsten fünf Tage brauchte, um sich zu regenerieren . . .

Er besaß einen kleinen Haushaltwarenladen, auf Besen, Mausefallen und Nachttöpfe spezialisiert, natürlich auch auf Nägel, Schrauben, Scharniere und so weiter. Stets trug er ein beträchtliches Sortiment bei sich. Zum Beispiel steckten Schnürsenkel in seinen Westentaschen und Scheren, Taschenmesser und Schraubenzieher in den Taschen des Jacketts, während die Hosentaschen weniger gefährliche Gegenstände wie Bindfaden und Bleistifthalter beherbergten. Was immer die Kunden benötigten, fand er – wenn es sich nicht gerade um einen Pflug oder Rasenmäher handelte – innerhalb weniger Sekunden in seinen Regalen oder Taschen.

Um sechs Uhr abends schloß er seinen Laden und genehmigte sich ein großes Käsesandwich und einen doppelten Gin, ehe er frohen Mutes seine Lieblingskneipe aufsuchte. Dort verbrachte er die Wochenenden bis zur Sperrstunde, ebenso die Feiertage wie Ostern und Weihnachten und den St. Patrickstag, selbstverständlich auch andere Stunden, wann immer er eine besondere Gelegenheit fand, die Alltagsmonotonie zu unterbrechen.

Trotz seiner frostigen äußeren Erscheinung war Tom Winter ein warmherziger Mensch und auf seine Art gesellig, solange er nicht mit mehr als zwei Personen gleichzeitig reden mußte. Regelmäßig gab er eine Runde aus und lud Leute ein, die nicht so begütert waren wie er selbst oder zumindest so aussahen.

Manchmal glaubte er, daß er zuviel trank und sein Leben vergeudete. In solchen Augenblicken plagte ihn sein Gewissen und drängte ihn, einem gesünderem Zeitvertreib zu frönen. Aber wenn ein willensschwacher Mann mit seinem Gewissen kämpft, genießt er alle Vorteile, und sein Gewissen wird das Opfer eines unfairen Wettstreits.

Und so saß Tom Winter am Weihnachtsabend auf einem Barhocker, zwischen zwei alkoholisierten Kumpanen.

Dann trat ein großer, dünner Mann in die Kneipe, ohne Mantel, mit langem grauem Haar, und ließ seinen Blick von einem Gesicht zum anderen wandern. Verzweifelt schüttelte die offensichtlich verrückte Kreatur den Kopf, bis sie Toms frostige Aura entdeckte. Der Neuankömmling hob einen gebieterischen Finger, der Tom erschreckte, denn er dachte zunächst, ein Geist oder ein Irrer stünde mitten im Lokal. Während er ihn genauer betrachtete, erkannte er einen Bewohner des nördlichen Stadtteils, einen ernsthaften, hart arbeitenden Burschen mit großer Familie und noch größerer Ehefrau, die ihn ständig auf Trab hielt und ihm an diesem Weihnachtsabend wahrscheinlich irgendeinen unmöglichen Auftrag erteilt hatte.

Tom Winters Entsetzen wuchs, als der unglückliche Pantoffelheld ihn zu sich winkte. Genausogut hätte ihn ein ehrwürdiger greiser Patriarch oder eine übernatürliche Macht herumkommandieren können, denn er kletterte vom Hocker. Zum ersten Mal in seinem Leben fühlte er sich wie einer der zwölf Apostel, die ihre Berufe aufgegeben hatten, um dem Mann zu folgen, dessen Geburtstag sich gerade wieder jährte. Der Graukopf packte ihn am Ärmel und führte ihn zur Tür hinaus. Später erzählten Toms Kumpane, seine normale frostige Miene habe eine seltsame Strahlkraft gewonnen und seinen ganzen Schädel in eine Glühbirne verwandelt. Allerdings sei er schon vorher von mehreren Gin Tonics erwärmt worden. Aber während er dem Messias ohne Mantel gefolgt sei, habe eine Art Heiligenschein dessen Kopf und Schultern umgeben.

Draußen in der Nachtluft erklärte der Grauhaarige seine mißliche Lage. Sein zumeist unverläßlicher Schwager habe versprochen, den Weihnachtsmann zu spielen, und sei nun unauffindbar. Ob Tom Winter wohl so freundlich wäre, den roten Mantel anzuziehen, damit die sieben Kinder des armen Mannes auch weiterhin an Weihnachten glauben würden?

Tom wollte dieses Ansinnen erst ablehnen. Doch da fiel der Bedauernswerte auf die Knie und begann so erschütternd zu klagen, daß nur ein Mensch mit steinernem Herzen bei seiner Weigerung hätte bleiben können. Ein mehr oder weniger zusammenhangloser Wortschwall, der sogar einem Betonklotz Tränen entlockt hätte, attackierte Toms Ohren.

»Wenn ich nicht mit einem Weihnachtsmann nach Hause komme«, stöhnte die kniende Gestalt, »bringt sie mich um.«

Tom vermutete, der Jammerlappen würde seine überdimensionale Gemahlin meinen, deren schrilles Geschrei in langen Nächten Regen und Wind übertönte, wenn sie mit ihrem Schicksal haderte. Angeblich traktierte sie ihren verschreckten Ehemann mit Nudelhölzern, Tassen, Bechern und Untertassen. Nach der Attacke mit einem Eisenkessel hatte man die Wunden des Opfers mit dreiundzwanzig Stichen nähen müssen.

»Stehen Sie auf und benehmen Sie sich wie ein Mann!« mahnte Tom Winter mit seiner frostigen Stimme, was der Heulerei ein Ende bereitete. Offenkundig besaß die arme Kreatur kein Rückgrat, und wenn man den richtigen Ton anschlug, würde sie jeden Befehl befolgen. Der Mann rappelte sich auf und umklammerte Toms Arm, um einen

Fluchtversuch zu verhindern. In seinen Augen leuchtete neue Hoffnung und verdrängte den Kummer, während er seine Dankbarkeit in unverständliches Gestammel kleidete, wie ein weinendes Baby, das man endlich aus der Wiege hob.

Auf dem Weg zum Domizil des verängstigten Graukopfs fragte Tom Winter in weiser Voraussicht, ob es dort Gin gäbe.

»Gin!« erfolgte das Echo.

»Ja!« bestätigte Tom etwas lauter und unterstrich seinen Wunsch mit ausdrucksvollen Gebärden, indem er mehrmals ein imaginäres Glas zum Mund führte.

»Vielleicht gibt's im Augenblick noch keinen Gin«, lautete die sofortige großzügige Antwort, »aber den wird's bald geben.« Der törichte Pantoffelheld eilte in die Kneipe zurück und tauchte wenig später mit einer Flasche im Arm wieder auf. Und unter dem anderen klemmte ein Karton mit mehreren Dosen Tonic Water. Da Tom ihm nicht die Hand schütteln konnte, aus Angst, die kostbare Last könnte zu Boden fallen und zerbrechen, schlug er ihm anerkennend auf den Rücken.

An ihrem Ziel angekommen, betraten sie das Haus durch die Hintertür, um den Kindern nichts zu verraten. An einem Deckenbalken voller Spinnweben hingen ein roter Mantel, eine rote Mütze und ein weißer Bart. Zu Toms Erleichterung standen keine hohen Stiefel bereit.

Sein Begleiter half ihm beim Ankleiden. Nach wenigen Minuten glich Tom Winter, von den Stiefeln abgesehen, all den anderen Weihnachtsmännern, die in dieser Nacht das Land durchstreiften. Man vereinbarte, der Hausherr solle zuerst vor der Familie erscheinen und verkünden, er habe ganz in der Nähe den Weihnachtsmann gesehen. Deshalb müsse man einen Gin Tonic für den hohen Gast bereithalten, der bald eintreffen würde.

Fürsorglich füllte er ein Glas mit einer großzügigen Menge Gin und ein bißchen Tonic Water. Da die Hausherrin namens Gladiola jammerte, sie habe wegen der Abwesenheit des Weihnachtsmanns unter schrecklichem Streß gestanden und demzufolge Rückenschmerzen, bekam sie ebenfalls einen Drink.

»Still!« Gladiola hob eine Hand, dann begann sie das Ritual mit den traditionellen Worten: »Ich glaube, ich höre Schritte.«

Jäh verstummten alle Kinder, vom jüngsten bis zum ältesten, und im Hinterhof erklangen tatsächlich Schritte. Dann öffnete sich die hintere Küchentür. Der Hauskater, von einer amourösen Expedition in einen anderen Stadtteil heimgekehrt, trottete herein, und der Weihnachtsmann folgte ihm auf dem Fuß. Während sich die kleineren Kinder hinter der Mutter verkrochen, umringten die größeren den willkommenen Besucher, schüttelten ihm die Hand, sangen und tanzten und sprangen auf den Tisch. Der Vater überreichte dem Weihnachtsmann das Glas, das er mehrmals nachfüllte.

Nachdem Tom Winter die Geschenke verteilt hatte, saß er am Kaminfeuer und wurde gedrängt, noch einen Gin Tonic zu trinken. »Nur wenn die Dame des Hauses auch einen nimmt«, erwiderte er gutgelaunt.

Die bewußte Dame zeigte sich viel umgänglicher als sonst. Bald war die Flasche zur Hälfte leer. Hymnen ertönten, und trotz seiner bleichen, jammervollen, frostigen Aura sang Tom Winter so fröhlich wie die anderen.

Da er eine schöne, weiche Stimme besaß, wurde er im Laufe des Abends immer wieder aufgefordert, ein Lied vorzutragen.

Ausnahmsweise nörgelte die Hausherrin nicht und erhob auch keine Hand gegen ihren Gatten. Statt dessen widmete sie sich der zweiten Flasche Gin, die ihre älteste Tochter auf Wunsch des Vaters beschafft hatte. Erwähnte ich bereits, daß er sich selber ein oder zwei Gläschen genehmigte? Wenn nicht, lassen Sie mich versichern, daß er's tat, daß er lachte und sogar tanzte, vor allem mit den kleineren Familienangehörigen.

Wie im Flug verging die Zeit, und Tom Winter gestand sich ein, noch nie einen netteren Abend erlebt zu haben. Kaum war die zweite Flasche geleert, schlug die Uhr zwölfmal. Man bot ihm Tee und einen Imbiß an, was er ablehnte. In der Hoffnung, im Pub, den er vorhin verlassen hatte, würde immer noch Betrieb herrschen, verabschiedete er sich von der Familie. Sosehr er den Gin am häuslichen Herd genoß, vertrat er wie alle Gin-Liebhaber die Meinung, daß der Gin nirgendwo besser schmeckte als an der Theke. Denn dort wurde das Wohlbehagen von der einzigartigen Atmosphäre und der Gesellschaft betrunkener Kumpane noch gesteigert.

An der Tür versprach er Gladiola und ihrem Mann, am nächsten Heiligen Abend und in all den folgenden Jahren wieder zu erscheinen, solange er atmen würde. Er vergaß, das Kostüm abzulegen, und steuerte seine Lieblingskneipe an. Obwohl er schon bis zum Kragen mit Gin angefüllt war, verspürte er eine unwiderstehliche Sehnsucht nach der Kameraderie in diesem Lokal, die ihn schon so oft aufgeheitert hatte. Es gehört zu den Eigenarten eines

Gewohnheitssäufers, daß er gerade dann was trinken will, wenn er's am allerwenigsten braucht. Und nun kannte Tom Winter keinen anderen Gedanken als die Aussicht auf ein Glas Gin Tonic. So viel der geübte Trinker auch schon intus haben mag – da ist immer noch genug Raum für weitere Alkoholika.

Schwankend erreichte er sein Ziel, aber da war kein Platz, zumindest nicht für Tom Winter an diesem frühen Weihnachtsmorgen.

In den Augen eines Trunkenbolds ist kein Anblick so traurig wie eine leere Kneipe oder – noch schlimmer – eine Kneipe, die so gerammelt voll ist, daß sie aus Gründen der Bequemlichkeit und Sicherheit keine Gäste mehr aufnimmt. Er glaubte Gläserklirren und Münzgeklingel hinter den geschlossenen Türen und Fensterläden zu hören. Noch nie in seinem Leben hatte er sich so einsam gefühlt. Die Welt war scheinbar verschwunden, um ihn allein zurückzulassen.

Untröstlich schlug er die Richtung zu seinem Laden ein. Etwas später gewann er den Eindruck, schon die ganze Nacht auf den Beinen zu sein. Und da merkte er, daß er sich ziellos im Kreis bewegte, weil er nicht nach Hause gehen wollte. Dort erwartete ihn niemand, kein Hund und keine Katze, nicht einmal eine Maus, denn die hatte er alle mit seinen Mausefallen gefangen. Wieder lenkte er seine Schritte zum Laden, diesmal etwas entschiedener, aber er kam nicht näher heran.

Wurde er von einer übernatürlichen Macht zurückgehalten, die ihn vor einer Katastrophe bewahren wollte? Oder war er so betrunken, daß er sich nicht mehr orientieren konnte? Irgendwann im Laufe seiner Wanderung hatte er das Gefühl, es wäre sein Schicksal, für alle Zeiten herumzulaufen. Und dann fiel er in die gütigen Arme des Kanonikus Cornelius Coodle. In diesem Stadium war Tom Winter halb bewußtlos.

»Mein armer Sohn«, sagte der Geistliche sanft und schleifte seinen benommenen Findling zur Garage, in das warme Zimmer hinauf, ins Bett, wo bereits ein Weihnachtsmann schlief. Erstaunt betrachtete Kanonikus Coodle diesen ersten Weihnachtsmann. Den hatte er völlig vergessen. Aber nun seufzte er erleichtert, weil dem bedauernswerten Geschöpf nichts zugestoßen war. Die melodischen Schnarchlaute gefielen ihm – ganz anders als jene, die er normalerweise vernahm. Sorgsam vergewisserte er sich, daß für den zweiten Weihnachtsmann keine Erstickungsgefahr bestand, und hörte ihn zu seiner Genugtuung friedlich schnarchen. Eine Zeitlang blieb er auf dem Treppenabsatz stehen und lauschte. Sein altes, abgeklärtes Gesicht verzog sich zu einem glücklichen Lächeln. Von diesem Phänomen mußte er morgen seinen Kuraten erzählen . . .

Moment mal! Welches Phänomen? Er zermarterte sich das Gehirn. Endlich fiel es ihm wieder ein. Das harmonische Schnarchen. Noch nie hatte er so was Nettes gehört. Es kam ihm vor, als hätte das Paar im Gästebett jahrelang gemeinsam trainiert, um solche erfreulichen, fein aufeinander abgestimmten Wohllaute zu erzeugen. Und das erinnerte ihn an einen Vers von Thomas Moore:

Dann werden wir singen das wilde Lied, das wir einst so gern hörten,

Als sich unsere Stimmen vereinten, zu einem einzigen Atem.

Sicher war dies ein Phänomen – oder noch mehr. Vielleicht ein kleines Wunder, eine Huldigung, dem Schöpfer am Weihnachtsmorgen dargebracht! Er eilte nach unten, um seinen Kassettenrecorder zu holen. Aber bei seiner Rückkehr war das Schnarchen verstummt. Die beiden Weihnachtsmänner lagen nebeneinander, atmeten tief und gleichmäßig, die weißen Bärte hoben und senkten sich, während ihre Lungen die Luft einsogen und wieder ausstießen. Wieder dachte er an Thomas Moore, doch diesmal entsann er sich, passend zum Anlaß, einer Parodie:

Wo die Stürme verebben, die wir in dieser weiten Welt fühlen,
Und unsere Herzen sich so friedlich vereinen wie unser Schnarchen.

Er hob eine Hand, und mit einer sanften Flüsterstimme segnete er das zufriedene Paar, ehe er sein Bett aufsuchte und in wohlverdienten Schlaf versank. Im Laufe der Nacht begannen die zwei Weihnachtsmänner mehrmals melodisch zu schnarchen.

Schließlich dämmerte der Morgen herauf, und Julie Josie bewegte sich, ohne die Augen zu öffnen. Erstaunlicherweise schmerzte ihr Kopf nicht, und ihr Herz schlug ganz ruhig. Für eine Weile blieb sie liegen, genoß das Wohlgefühl und glaubte, sie befände sich in ihrem eigenen Bett. Als plötzlich Schnarchlaute neben ihr ertönten, beängstigend nahe, fuhr sie hoch und wäre geflohen, hätte sie ihre seltsame Kleidung nicht bemerkt.

Verwundert musterte sie die Gestalt, die an ihrer Seite lag, und nahm ihr behutsam den Bart ab. Und dann traute sie ihren Augen nicht. Sie kannte Tom Winter. Was immer sie in ihrem Haushalt brauchte, kaufte sie bei ihm. In ihrem Domizil hingen vier Bilder an Toms Häkchen, an Toms Nägeln. Und sie erinnerte sich, daß ihr verstorbener Vater einen Hammer in Toms Laden erworben hatte, um diese Nägel in die Wand einzuschlagen.

Soviel sie wußte, war Tom Winter eine sanftmütige Seele, ein herzensguter Mensch, den man nicht nur nach seinem Alkoholkonsum beurteilen durfte. Sie beschloß, ihn zu wecken. Langsam hob er den Kopf und stützte sich auf die Ellbogen. Beim Anblick des Weihnachtsmanns, der neben dem Bett stand, war auch er überrascht, um es milde auszudrücken.

»Tut mir leid, ich habe Ihnen kein Geschenk mitgebracht.« Was für eine Stimme! Sicher die Stimme eines Engels, dachte Tom Winter. Er hatte zwar noch keinen Engel sprechen hören, glaubte aber, eine solche Stimme würde ihn eines Tages in den Himmel rufen, wenn ihm das Glück hold war. Und die Stimme, die soeben erklungen war, hatte er in hoffnungsvollen Träumen vernommen.

»Waren wir zusammen im Bett?« fragte er zögernd, und Julie Josie lachte.

»Sieht so aus.«

»In diesem Fall müssen Sie mich heiraten«, erklärte Tom Winter feierlich. »Um die Wahrheit zu gestehen«, fuhr er fort und staunte über seinen eigenen Mut, »ich würde Sie auch heiraten, wenn wir nicht zusammen geschlafen hätten. Immer wieder bewundere ich Sie, wenn wir uns auf der Straße oder in meinem bescheidenen Laden begegnen, den Sie viel zu selten beehren. Sagen Sie ja – heiraten Sie mich, und helfen Sie mir, ein besseres Leben zu führen.«

Sie ergriff seine Hand und sah verblüfft, daß er – aus der Nähe betrachtet – gar nicht so frostig wirkte. »Darüber reden wir ein andermal«, flüsterte sie.

»Nie wieder rühre ich eine Gin-Flasche an«, gelobte er.

»Sie müssen die Trinkerei ja nicht völlig aufgeben«, lautete die pragmatische Antwort. »Hin und wieder ein Glas Bier würde Ihnen gewiß gut bekommen.« Sie schaute auf ihre Uhr. Fünfundzwanzig Minuten vor elf. »Jetzt muß ich mich aber beeilen, sonst versäume ich den Gottesdienst.«

»Ich auch.«

»Haben Sie eine Ahnung, wie wir hierhergekommen sind?« Er schüttelte den Kopf. Während sie die roten Mäntel auszogen, meinte Julie Josie: »Irgendwie ist das alles sehr seltsam.«

»Ja«, stimmte Tom Winter zu. »So, als hätte uns das Schicksal zusammengeführt. Warum sonst sollte uns der Allmächtige an diesem ungewöhnlichen Ort vereinen, ohne unser Wissen?«

Wie sie in das Zimmer über der Garage gelangt waren, erfuhren sie niemals. Denn Kanonikus Coodle hatte es nach dem Frühstück vergessen, und es fiel ihm auch nicht mehr ein – nicht einmal, als er die beiden im Sommer des nächsten Jahres traute. In den folgenden Jahren taufte er ihre Kinder. Julie Josie und Tom sahen die Kinder und ihre Enkel und sogar ihre Urenkel heranwachsen. Also konnte man zweifellos behaupten, daß sie sehr glücklich zusammenlebten.

Ein tasmanischer Tiefschlag

»Wenn ihr einem Schlägertypen begegnet . . .«, die Hände tief in den Hosentaschen, musterte Roger Wonsit die Schüler, die vor ihm saßen, ». . . dürft ihr euch nicht einschüchtern lassen und einfach davonlaufen.«

Dann machte er eine Pause, damit die Worte ihre Wirkung ausüben konnten. Hoch aufgerichtet wanderte er durchs Klassenzimmer, einen stählernen Ausdruck in den grauen Augen. Sein fasziniertes Publikum, sieben- bis achtjährige Jungen, hörten mit gemischten Gefühlen zu, während der berühmte Ex-Boxer immer wieder die Hände ballte und öffnete.

Jonathan Cape, der Zweitjüngste in der Klasse, freute sich, weil er kein Rabauke war. Andererseits bezweifelte er, daß er allzu lange seinen Mann stehen könnte, wenn ihn plötzlich ein Rabauke herausfordern würde.

»Zu meiner Zeit«, fuhr Roger fort und legte wieder eine längere Pause ein, »traf ich viele Schlägertypen. Die erledigte ich folgendermaßen.« Er täuschte einen Angriff vor, schmetterte die linke Faust ins Gesicht eines imaginären Schlägertypen und schlug den Schurken mit einer rechten Geraden zusammen. »Da gibt's noch andere Methoden«, fügte er kampflustig hinzu. »Aber was am allerwichtigsten ist – nichts und niemand darf sich zwischen euch und eure speziellen Rüpel stellen.«

Jetzt breitete er die Arme aus und stieß einen entsetzlichen Schrei aus, der Jonathan Capes Nackenhaar sträubte. Angstvoll schaute sich der Junge nach einem Fluchtweg um, in der festen Überzeugung, der Mann würde mehrere Klassenkameraden auseinandernehmen.

Statt dessen packte Roger Wonsit den imaginären Rabauken an den Haaren und schüttelte ihn wie ein feuchtes Geschirrtuch. »Wenn euer Schläger ins Blickfeld gerät«, brüllte er aus Leibeskräften, »was müßt ihr dann tun?« Gespannt wartete die Klasse auf eine nähere Erklärung des großen Boxers. Aber er sprach nicht weiter und wandte erneut den erprobten, verläßlichen psychologischen Trick an, seine Worte wirken zu lassen. Erst nach ein paar Minuten klatschte er in die Hände und wiederholte seine Frage. »Also, was müßt ihr tun, wenn der Schläger vor euch steht?« Wie erwartet, erhielt er keine Antwort. »Ihr müßt seine Jugularvene angreifen. Vergeßt seine Größe und sein Gewicht, und schlagt einfach zu. Nun, was müßt ihr tun, wenn ihr einen Schläger vor euch seht?«

Prompt erwiderte die ganze Klasse, sogar Jonathan Cape: »Wir greifen seine Jugularvene an.«

»Noch einmal!« Roger Wonsit hob die Hände und verlangte eine energischere Kundgebung. Und diesmal nutzten alle Schüler die Gelegenheit, lauthals zu schreien, so wie immer, wenn sich auch nur die kleinste Chance bot.

Damit begnügte er sich, da er nicht mehr aus der Klasse herausholen konnte, und begann umherzutänzeln, die Kunst des Schattenboxens zu demonstrieren und imaginäre Gegner niederzuschlagen.

Wenn die Eltern der Kinder gefragt würden, könnten sie sich wohl kaum entsinnen, wie viele Meisterschaften er gewonnen hatte. Natürlich würden sie wissen, daß er ein Amateurboxer gewesen war, und sich an seine unvergleichliche Beinarbeit und die wilden Schwinger erinnern, die den Kontrahenten ins Jenseits befördert hätten, wären sie an gewissen Schwachstellen gelandet, aber an keinen einzigen K.-o.-Schlag. Der Klassenlehrer würde ihnen zustimmen, aber einige leichtgläubige Mütter hatten Rogers Vortrag befürwortet.

Nach einer langen, relativ friedlichen Phase waren mehrere jugendliche Rowdys aufgetaucht, was die Aktion veranlaßt hatte. Der Klassenlehrer wandte sich zunächst an den Schuldirektor, einen älteren Mann – zu Recht für seine sarkastischen Kommentare bekannt –, und bat um dessen Zustimmung.

»Was haben Sie gesagt?« fragte der Direktor entgeistert.

»Roger Wonsit«, informierte ihn sein Assistent.

»Roger Wonsit«, seufzte der Direktor müde, so wie es seine Art war, »würde nicht einmal einen toten Hund schlagen – oder den Schnee von seinem Mantel.« Nach diesem obligaten täglichen Beweis für seinen geistreichen Sarkasmus hatte er dem Lehrer anvertraut, er sei mit dem Vorschlag einverstanden.

Auf dem Heimweg trödelte Jonathan Cape genauso, wie alle Schüler trödeln, seit die erste Schule gegründet worden ist. Als er ins Schaufenster einer Konditorei spähte, gesellte sich sein Freund Bob's Bobby zu ihm, ein ungepflegter Bursche mit zerzaustem Haar und einer großen Lücke zwischen den oberen Schneidezähnen.

Bob's Bobby zählte zum fahrenden Volk. Vom strengen Winter in einem Vorort der Stadt festgehalten, würde seine Familie hierbleiben, bis der Frühling übers Fensterbrett kroch, wie es in einem Lied heißt. Dann wollten sie wieder über Land ziehen. Und Bob's Bobbys Schultage würden ebenso vorzeitig enden wie jedes Jahr.

Für die Schule interessierte er sich nicht besonders. Das verstanden seine Lehrer, und sie ließen ihn in Ruhe – vorausgesetzt, er benahm sich halbwegs anständig.

Jonathan Cape fand ein paar Münzen in seiner Hosentasche und zählte sie. »Komm!« Er stieß seinen Freund mit dem Ellbogen an, betrat die Konditorei und ging zielstrebig zu einer rundlichen jungen Blondine, die ihn mit dem Vornamen anredete. »Wenn Sie so freundlich wären, Miss Polly – ein Korinthenbrötchen«, bat er und übergab ihr die Münzen. Falls sie bemerkte, daß die Summe nicht ausreichte, behielt sie's für sich und tippte den erhaltenen Betrag in die Kasse.

Vor dem Laden inspizierten die beiden Jungen das Brötchen, das einladend auf Jonathans Handfläche lag. Mit einem Geschick, das weit über seine Jahre hinausging, teilte er es in zwei gleich große Stücke. Dann gab er die eine Hälfte seinem Freund.

Wenn Sie nun glauben, jeder hätte seinen Anteil hinuntergeschlungen, verstehen Sie nichts von Jungs. Häppchenweise konsumierten sie die Köstlichkeit, so wie's nur kleine Buben zustande bringen. Danach leckten sie die Finger ab und fuhren mit der Zunge um die Lippen herum, falls ihnen ein Krümel entkommen war. Das soll keineswegs heißen, daß kleine Jungs ihre Süßigkeiten niemals verschlingen. Natürlich tun sie's. Aber wenn die Mahlzeit knapp bemessen ist, ziehen sie den Genuß in die Länge. Manchmal heben sie sich besonders delikate Bissen bis zum Schluß auf, und die schlingen sie dann hinunter. So machen's alle kleinen Jungen und viele Erwachsene.

Während sie nach Hause schlenderten, sprachen sie über viele Dinge. Schließlich schnitten sie das Thema ›Schlägertypen‹ an. Beide meinten, man müsse solchen Kerlen aus dem Weg gehen, und keiner vertrat Roger Wonsits Standpunkt. Wie Bob's Bobby sich entsann, war sein Name oft genannt worden, wenn das fahrende Volk am Lagerfeuer gesessen hatte. Sein Großvater Big Bob pflegte den Boxer zu erwähnen.

»Einmal sah ich ihn kämpfen«, erzählte der alte Mann seiner vielköpfigen Familie, die sich an den Flammen wärmte. »In jenen Tagen hieß er ›Killer Wonsit‹. Aber ich werde niemals wissen, warum, denn er war unfähig, auch nur eine Fliege zu töten. An dem Abend, wo er gegen einen gewissen Crusher Kaly boxte, hatte ich das Gefühl, er würde nicht mal eine geschälte Banane zertreten. Drei Runden lang kämpften sie, ohne einen einzigen richtigen Treffer zu landen. Wie ich allerdings zugeben muß, vermochten sie sich kaum auf den Beinen zu halten, als sie den Ring verließen. Ich erinnere mich, daß sie viel Lärm machten und eine Menge Schläge anbrachten. Trotzdem floß bis zum Schlußgong kein Tropfen Blut. Nicht einmal aus beiden zusammen hätte man einen richtigen Boxer machen können.«

Vor Jonathan Capes Haustür trennten sich die zwei Jungen. Manchmal begleitete Jonathan seinen Freund zum Zigeunerlager, und er kannte Big Bob und andere, weniger berühmte Mitglieder des Clans. Aber an diesem Tag benutzte er die Ausrede, er müsse was erledigen. Den wahren Grund – seine Angst, einem Rowdy zu begegnen – verschwieg er.

Um die Wahrheit zu sagen, es gab nur einen einzigen richtigen Schlägertypen in der Gemeinde, und der war erst vor kurzem aufgetaucht. Noch hatte er keine nennenswerten Anhänger gefunden. Nur ein harmloser kleiner Junge folgte ihm auf Schritt und Tritt. Immerhin hatte der Rüpel, der zufällig den Spitznamen »Knollennase« bekommen hatte, schon mehrere jüngere Rivalen zusammengeschlagen und erhielt wöchentliche Zahlungen von etwa zwanzig Jungs, die er geduldig und erfolgreich eingeschüchtert hatte. Diese Opfer seiner Terrorkampagne mußte er gar nicht mehr verprügeln. Knollennases Ruhm breitete sich in der ganzen Stadt aus, aber nur bei den Schulkindern. Dieses Geheimnis behielten sie für sich, und nicht einmal die Eltern wußten, welcher Schurke ihren Sprößlingen den Schlaf raubte oder Alpträume heraufbeschwor.

Knollennase hatte den unglücklichen Jungs gedroht, er würde ihnen Arme und Beine ausreißen, wenn sie irgend jemandem auch nur ein Sterbenswörtchen von seiner Existenz verrieten.

Man stelle sich Jonathan Capes Entsetzen vor, als niemand die Haustür öffnete, an die er verzweifelt klopfte, und Knollennase die Straße herabschlenderte, dicht gefolgt von seinem Satelliten.

Bedauerlicherweise wußte Jonathan nicht, daß seine Mutter bei der Nachbarin ein Weihnachtstortenrezept abschrieb . . . Er versuchte, sich unsichtbar zu machen, während Knollennase näher kam, aber das mißlang ihm.

»Hast du Geld, Kleiner?« fragte der ungehobelte riesengroße Zwölfjährige, der vor ihm stand.

Hätte ich doch bloß kein Korinthenbrötchen gekauft, dachte Jonathan.

»Bist du taub?« Bei dieser zweiten Frage wurde er kräftig ins linke Ohr gekniffen. Als der Rabauke ihn losließ, erinnerte sich Jonathan an Roger Wonsits Worte. Zum Erstaunen des größeren Jungen wich er ein paar Schritte zurück.

»Ihr müßt seine Jugularvene angreifen.« Das hatte Wonsit gesagt. Jonathan wußte nicht genau, wo sich die Jugularvene befand. Aber er vermutete, daß sie unterhalb der Gürtellinie lag, sonst hätte seine Mutter schon einmal davon gesprochen.

Also senkte er den Kopf und rammte ihn kreischend in den Bauch seines Peinigers. Der Zusammenprall warf ihn auf den Rücken, und Knollennase zog ihn an den Haaren hoch. »Wenn wir uns nächstes Mal treffen, hast du mein Geld parat, verstanden? Sonst wirst du in den Spiegel schauen und dich nicht wiedererkennen.«

»Klar«, versicherte Jonathan.

»Vergiß es nicht!« Jetzt packte ihn Knollennase am rechten Ohr.

»Nein, bestimmt nicht!« beteuerte Jonathan.

Natürlich hätte er seine Mutter oder seinen Vater informieren können, der in seiner Glanzzeit ein Fußballstar gewesen war. Aber ehe er sich jemandem anvertraute, verstrich eine Nacht voll böser Träume. Nach der Schule erzählte er Bob's Bobby, welche Katastrophe sich am vergangenen Nachmittag abgespielt hatte. In drei Tagen würde Weihnachten sein, und wenn Jonathan sein Geld in Knollennases Hand drückte, würde er nichts für Geschenke übrig haben. Die Freunde entschieden, daß der Rabauke keinen Penny bekommen sollte. Darauf legte Bob's Bobby großen Wert, denn Jonathan hatte ihm schon vor Wochen ein Weihnachtsgeschenk versprochen.

»Von mir kriegst du auch eins«, hatte Bob's Bobby geantwortet, aber nach dieser spontanen Ankündigung nicht gewußt, wie er einen solchen Luxus bezahlen sollte. Die Zigeuner besaßen nicht viel Geld, und das bißchen, das in ihren Taschen steckte, brauchten sie für Lebensmittel, Kleider und Medikamente, manchmal auch für den Tierarzt, der ihre kranken Pferde und Ponys behandelte.

Diesmal wanderten die zwei Freunde auf Umwegen nach Hause. Bob's Bobby ging voraus, damit sich Jonathan blitzschnell zurückziehen konnte, falls sein Peiniger auftauchte.

»Mit mir gibt er sich gar nicht ab«, erklärte Bob's Bobby. »Ich hab' kein Geld und weiß auch nicht, wo ich welches hernehmen sollte.«

Nachdem er seinen Schützling zur Tür begleitet und gewartet hatte, bis Jonathan wohlbehalten im Haus verschwunden war, rannte Bob's Bobby in aller Eile zum Camp – nicht, weil er sich vor Knollennase fürchtete, sondern weil er seinen Großvater zu Rate ziehen wollte, bevor der alte Mann das Nachbar-County aufsuchte. Dort würde Big Bob die zwölf Weihnachtstage bei seiner jüngsten Tochter verbringen. Sie war mit einem Zigeuner verheiratet, der in dieser Gegend ein paar lose Kontakte pflegte.

Als Bob's Bobby das Lager erreichte, brach sein Großvater gerade auf. Erst fragte der Junge, wo man stechpalmenähnliche Bäume mit roten Beeren finden würde, dann erzählte er von Jonathan Capes Problem. Kleine Stechpalmenbündel konnte man für einen Shilling pro Stück verkaufen, und bis Weihnachten würde Bob's Bobby noch genügend Zeit finden, um seine Finanzen zu regeln.

Der alte Mann nannte den Standort dreier großer Steineichen in der hintersten Ecke eines fernen Waldes. »Schneid nur kleine Zweige ab«, mahnte der alte Zigeuner, »damit die Bäume nicht leiden und die Zweige nachwachsen. Und hack um Himmels willen nicht wild drauf rum, sonst tut's ihnen weh.«

Hoch und heilig versprach Bob's Bobby, die Bäume nicht zu verletzen.

»Und worüber wolltest du noch mit mir reden?«

In knappen Worten schilderte Bob's Bobby die Ereignisse des gestrigen und heutigen Tages.

»Ja, den kenne ich vom Sehen«, informierte Big Bob seinen Enkel, »und er unterscheidet sich kaum von anderen Schlägertypen. Aber dieser Bursche ist von Kopf bis Fuß furchtbar wabbelig. Wenn's in einem Kampf richtig zur Sache geht, hält er nicht lange durch. Trotzdem ist er riesengroß und ungestüm und mittlerweile daran gewöhnt, die Leute zu erschrecken. Deshalb hält er sich für unbesiegbar.«

Big Bob führte seinen Enkel in ein Erlenwäldchen, außer Hörweite der behelfsmäßig aufgebauten Zelte und anderer improvisierter Behausungen. Dazwischen standen auch Wohnwagen, bis hinab zu den Radspeichen bunt bemalt, mit Planen verhangen, ähnlich wie die Vehikel der frühen amerikanischen Pioniere, die sich in den Wilden Westen gewagt hatten.

»Also, dieser Kerl namens Knollennase . . .« Big Bob zündete sich die Pfeife an und blies blauen Rauch zu den Zweigen hinauf. »Der wird umfallen oder davonlaufen, so wie alle Typen von dieser Sorte, sobald ihm jemand Paroli bietet. Offenbar eignet sich dein Freund Jonathan Cape nicht dazu, obwohl er kein Feigling ist – nach allem, was du mir erzählt hast. Aber Tapferkeit allein genügt nicht, wenn man's mit jemandem zu tun hat, der doppelt so groß ist wie man selbst. Deshalb mußt *du* dich um Knollennase kümmern.«

»Was – ich?« Bob's Bobby konnte das Gelächter kaum unterdrücken, das in seiner Kehle aufstieg.

Aber sein Großvater ignorierte den Anfall, nahm ihn bei der Hand und führte ihn zu einem uralten Zaunübertritt, der in einen noch älteren Friedhof führte. »Da drüben in der Ecke, wo der Efeu über die Mauer klettert, liegt dein Urgroßvater begraben – mein Vater. Er war viel kleiner als alle seine Brüder, und manche Leute behaupten, er sei der Kleinste von unserem Stamm gewesen, der jemals in dieser Gegend gelebt hat. Trotzdem besiegte er vier berüchtigte Rüpel am selben Tag an vier verschiedenen Orten, und danach waren sie für ihr restliches Leben keine Rabauken mehr. In vielen Dingen gleichst du ihm. Du hast seine Augen und sein Haar. Aber nun solltest du dich fragen, ob du auch seine Klugheit und vor allem seinen Mut besitzt. Geh zu seinem Grab und bitte ihn, er möge dir seine Klugheit und seinen Mut leihen. Wenn aus der Tiefe des Erdreichs eine Stimme dringt und nein sagt, will er dir nichts davon geben. Doch wenn du dreimal bis sieben zählst und keine Antwort hörst, hat er dir alles verliehen, was du brauchst. Solange du seinen Mut und seine Klugheit nutzen kannst, mußt du niemanden fürchten. Lauf jetzt rüber. Ich warte hier, bis du zurückkommst.«

Während Big Bob beobachtete, wie sein gelenkiger Enkel von einem Grab zum anderen sprang, lächelte er grimmig. Und das Lächeln wurde noch grimmiger, als er sich vorstellte, wie der Junge zum erstenmal einem Burschen gegenübertreten würde, der ihm und seinen Freunden die natürlichen Rechte verweigern wollte. Er sah, wie sich die dünne Gestalt bekreuzigte und dann emporhüpfte, völlig verwandelt, und er lachte laut auf. Atemlos eilte Bob's Bobby zu seinem Großvater zurück.

»Fühlst du dich jetzt besser?« fragte Big Bob.

Bob's Bobby nickte.

»Und fühlst du dich größer?«

»O ja, viel größer«, erwiderte der Junge.

»Nun mußt du morgen im Schulhof nur noch zu Knollennase gehen und ihn zum Kampf herausfordern«, erklärte Big Bob so gleichmütig, als wäre das ein Kinderspiel. Und sein Enkel nickte eifrig. »Gehen wir ins Lager zurück. Unterwegs gebe ich dir ein paar Tips, die dir den

Job erleichtern werden. Natürlich behältst du das alles für dich, sonst verlierst du deinen Vorteil, noch bevor du anfängst.«

»Klar«, lautete die optimistische Antwort. In dieser Nacht schlief der neuernannte Verteidiger bürgerlicher Freiheitsrechte tief und fest, bis seine Mutter ihn weckte. Genüßlich begann er zu frühstücken und verspeiste eine große Portion süßen Haferbrei.

In der Mittagspause war der Schulhof wie üblich überfüllt. Knollennase stand in der Mitte, umringt von seinen eingeschüchterten Anhängern. Zielstrebig ging Bob's Bobby zu ihm und forderte ihn zu einem Kampf nach Schulschluß heraus, an einem besonderen Ort, wo sich die Schüler schon seit Generationen prügelten. Dieser Treffpunkt war eine alte Allee, die zum Flußufer führte – zumeist menschenleer, aber nach Einbruch der Dunkelheit fanden sich zahlreiche Liebespaare ein. Manchmal lehnten sie eng umschlungen an den Stämmen riesiger Buchen. Oder wenn der Mond schien, wanderten sie Hand in Hand am Fluß entlang.

Zunächst fehlten dem Rowdy die Worte, und während er vergeblich danach suchte, versammelte sich eine große Zuschauermenge. Alle Blicke richteten sich auf Knollennase. Die dünnen Beine gespreizt, stand Bob's Bobby da und erwartete die Antwort. Unverwandt fixierten die glühenden Augen seines Urgroßvaters den schlimmsten Tyrannen von der Schule, dem es immer noch die Sprache verschlug und der in wachsenden Druck geriet.

Das Gelächter, das die ungeheuerliche Herausforderung des winzigen Zigeuners quittieren sollte, wurde von der

Intensität seines Blicks erstickt, von seiner entschlossenen Haltung.

Kurz zuvor hatte sich ein Gerücht im Schulhof verbreitet, so schnell wie ein Lauffeuer. Bob's Bobby hatte trotz seiner wenig eindrucksvollen äußeren Erscheinung und seines zarten Alters einen erwachsenen Mann getötet, und zwar mit einem einzigen Hieb in die Nieren, einem sogenannten tasmanischen Tiefschlag. Zu dieser Auseinandersetzung war es auf dem großen sommerlichen Jahrmarkt von Puck in Killorglin im County Kerry gekommen. Abgesehen von den Lehrern wußte niemand in der Schule genau, wo sich die Nieren befanden, und niemand, die Lehrer eingeschlossen, hatte je zuvor von einem tasmanischen Tiefschlag gehört. Wie sollten sie auch, nachdem dieser inzwischen mehrfach wiederholte Begriff, der bisher exklusiv dem Vokabular des Zigeuners Big Bob angehört hatte, erst am Vortag erfunden worden war?

Jonathan Cape hatte das Gerücht vom Massaker in Killorglin in Umlauf gebracht. Mittlerweile war es in alle Ecken des Schulhofs gedrungen. Knollennase hatte Bob's Bobbys Herausforderung noch immer nicht beantwortet und nicht einmal entschieden, ob er sie ernst nehmen sollte.

Endlich begann er zu sprechen: »Nach der Schule«, knurrte er. »Ich schlag dich mausetot. Zuerst reiße ich dir die Ohren ab und füttere meine Katze damit. Dann reiße ich dir das Herz aus der Brust, und das bekommt mein Hund. Zuletzt breche ich dir die Beine und Arme und den Schädel.«

»Nach der Schule.« Bob's Bobby gesellte sich zu seinem Freund Jonathan Cape, der in der vordersten Reihe der Zuschauermenge stand, und die beiden kehrten etwas früher als sonst ins Klassenzimmer zurück. »Heute befreie ich dich von diesem Blutsauger«, versprach Bob's Bobby, »und das ist mein Weihnachtsgeschenk für dich.«

Ursprünglich war es der Großvater gewesen, der die Formulierung vom Blutsauger gebraucht hatte – die letzten Worte vor seiner Abreise ins westliche Cork, wo seine jüngste Tochter gerade wohnte.

Durch die Zweige der hohen Bäume warfen die Sonnenstrahlen ein fleckiges Licht auf die Allee am Flußufer, wo sich zweihundert Schüler versammelt hatten, um Bob's Bobbys Niederlage zu beobachten. Sie konnten kaum glauben, daß er auf dem Jahrmarkt von Killorglin tatsächlich einen Mann getötet hatte. Selbst wenn es geschehen war, mußten ihn mehrere Mitglieder seines Clans unterstützt haben. Aber alle Schuljungen kannten die Tricks und den Mut des fahrenden Volks, das zweifellos bei jeder Gelegenheit die passende Taktik anwenden konnte.

Nun warteten sie gespannt auf den tasmanischen Tiefschlag, den sie zum ersten Mal sehen würden. Einige blieben skeptisch, doch die meisten hatten die Zigeuner auf Jahrmärkten und Festen kämpfen sehen, wo sie exotische Strategien anwandten, um die Oberhand zu gewinnen.

»Okay, bildet einen Kreis!« Der knappe Befehl stammte von einem älteren Jungen, dessen Vater an der Schule unterrichtete. Offensichtlich hatte die Autorität dieses Lehrers auf den Sohn abgefärbt, denn der Kreis wurde sofort gebildet. Tiefe Stille sank herab, während der selbsternannte Zeremonienmeister die Hände hob und die Protagonisten in den Ring rief.

Zuerst erschien Knollennase, übte sich im Schattenboxen und schnaufte wie ein Profi, während seine Fäuste aus allen Positionen in die Luft schnellten, um tödliche Schläge auszuteilen. Sämtliche Zuschauer, vom Stimmbruch noch weit entfernt, schrien und brüllten in den höchsten Tönen. Wenige Minuten später erfolgte Bob's Bobbys Auftritt, der nicht ganz so dramatisch verlief. Gleichmütig, sogar gelassen schlenderte er herbei, obwohl ihn seine Anhänger, die Mehrheit des Publikums, frenetisch bejubelten, bis ihre Lungen zu bersten drohten.

Jetzt postierte sich der Zeremonienmeister zwischen den beiden Gegnern. »Soll der Kampf bis zum bitteren Ende dauern?« fragte er mit Stentorstimme.

»Ja! Ja!« johlten zweihundert Schüler, ehe die Kontrahenten ihr Einverständnis erklären oder protestieren konnten.

»Nun zähle ich bis zehn«, kreischte der Zeremonienmeister. »Danach beginnt der Kampf und wird bis zum bitteren Ende ausgefochten.«

Energisch schob er die Kämpfer auseinander. Ehe er zu zählen anfangen konnte, zog Bob's Bobby seine verschlissene Jacke aus, faltete sie sorgsam zusammen und überreichte sie seinem Sekundanten, der zufällig niemand anderer war als Jonathan Cape. Dann spuckte er in die Hände, und die Zuschauer registrierten, daß sie noch nie im Leben einen solchen Ausdruck in den Augen eines Burschen gesehen hatten. Die glühenden Pupillen fixierten Knollennase, der den Kopf senkte und dem unheilvollen Blick des winzigen Zigeuners nicht standzuhalten vermochte. Offensichtlich zerrte die Entfernung der Jakke an seinen Nerven. Und es sollten sich noch schlimmere Dinge ereignen.

Ein zweites Mal spuckte Bob's Bobby in die Hände, schlüpfte aus seinem ausgefransten Hemd und faltete es ordentlich zusammen. Auch dieses Kleidungsstück wurde dem Sekundanten übergeben. Schließlich legte der tückische Zigeuner auch noch das Unterhemd ab. Mit nacktem Oberkörper stand er da und bewegte die Fäuste, während ein aufgeregtes Raunen durch die Menge ging. Wollte er mit diesen Aktivitäten den vernichtenden tasmanischen Tiefschlag vorbereiten?

Das sollten die Schüler niemals erfahren, denn Knollennase verlor den letzten Rest seines Muts, den bereits die abgelegte Jacke und das Hemd ins Wanken gebracht hatten. Nun erfaßte ihn kalte Angst, als auch noch das letzte Kleidungsstück des Oberkörpers einem grinsenden Jonathan Cape anvertraut wurde. Warum grinste Cape? Warum war der Zigeuner so siegessicher? Warum zitterten seine eigenen Hände, und warum bekam er weiche Knie? Warum wollte er plötzlich ganz woanders sein, und warum brannten die Zigeuneraugen wie schwelende Asche, so daß er geblendet war und nicht mehr klar sehen konnte?

Mit einem unbeschreiblichen Schrei voll wilder Leidenschaft grub Bob's Bobby seine Zähne seitlich in die Unterlippe. Rotes Blut quoll hervor, rann über sein Kinn, am Hals hinab, bis zur Brust. Mit einem zweiten noch grausigeren Schrei verschmierte er das Blut in seinem Gesicht und auf den Armen. Einige zaghafte Zuschauer ergriffen die Flucht, und andere, vom ungewohnten Anblick geschockt, sanken bewußtlos zu Boden.

Jetzt bot Bob's Bobby wahrlich ein grausiges Spektakel. Alle Farbe wich aus den erschlafften Zügen seines schlotternden Gegners. Schlimmer noch – plötzlich ging der kreischende, dämonische, blutüberströmte, heimtückische Zigeuner zum Angriff über. Knollennase taumelte rückwärts und stieß sonderbare Laute hervor, ein Keuchen und Winseln und Schluchzen. Dann drehte er sich blitzschnell um und rannte um sein Leben, gefolgt von Bob's Bobby und Jonathan Cape und allen anderen Opfern seiner bösartigen Einschüchterungstaktik.

Sie jagten ihn durch die Straßen einer verblüfften Stadt, bis er die Tür seines Elternhauses erreichte, eine jämmerliche Gestalt, die immer noch geiferte und heulte. Ohne einen Blick zurückzuwerfen, verschwand er im Haus und ließ sich eine ganze Woche lang nicht blicken.

Als er wieder auftauchte, war er völlig verwandelt – freundlich, gütig und rücksichtsvoll, höflich zu jung und alt. Diese positiven Eigenschaften zeichneten ihn für den Rest seines Lebens aus, das ein vorzeitiges Ende fand, weil er eine ertrinkende Katze zu retten versuchte. Nie zuvor waren so viele Trauergäste bei einem Begräbnis erschienen, zumindest nicht in seiner Heimatstadt. Das fahrende Volk versicherte, er sei geradewegs in den Himmel geflogen und am schimmernden Perlentor dreimal von Petrus umarmt worden.

Nach dem Kampf kehrte Bob's Bobby, von seinem treuen Freund begleitet, zum Grab des Urgroßvaters zurück, dem er feierlich die geliehene Klugheit und den Mut zurückgab. Diese kostbaren Eigenschaften mußte er sich nie wieder ausborgen, denn wenn man sie einmal besessen hat, wenn auch nur für kurze Zeit, behält man sie für immer. Das Weihnachtsfest war das schönste seit vielen Jahren, besonders für zwei kleine Jungen.

Weihnachtsnasen

Zu Weihnachten werden mehr Nasen geputzt als zu jeder anderen Jahreszeit. Und glauben Sie mir, diese Nasen brauchen ebenso dringend Taschentücher wie ihre Besitzer das Weihnachtsfest.

Lassen Sie mich's anders formulieren, geneigter Leser. Wir putzen unsere Nasen nicht nur, um sie zu säubern oder laute, unanständige Geräusche zu erzeugen.

Überall laufen hartgesottene Kerle mit weichen Herzen herum, besonders zu Weihnachten. Diesen Unglücklichen fällt es schwer, ihre Gefühle auszudrücken, bevor sie ein gewisses Quantum an berauschenden Getränken genossen haben. Selbst dann widerstrebt es ihnen immer noch, ihre tieferen Emotionen zu zeigen.

Statt dessen holen sie riesige Taschentücher hervor, in die sie ihre wahren Empfindungen schnauben. Dann muß man nur genauer hinhören, mehr wird nicht verlangt. Dieses Bellen, Schnaufen oder Trompeten, welches die Ohren des Lauschers attackiert, kann genauso als Ausdruck der Liebe und Güte interpretiert werden wie alle echten, schönen Gefühlsäußerungen, die dem menschlichen Herzen viel zu selten entströmen. Was sagte William Wordsworth?

Dank für das Menschenherz, von dem wir leben,
Dank für seine Güte, seine Freuden, sein Bangen.
Die allerkleinste Blume kann mir geben
Gedanken, viel zu tief, um Tränen zu verlangen.

Das Schneuzen steht den Älteren besser als den Jüngeren – vielleicht, weil ältere Nasen größer, von dickeren Adern durchzogen, behaarter und stärker gerötet sind. Jederzeit würde ich eine alte Nase einer jungen vorziehen. Wenn junge Nasen geputzt werden, ertönt kein Widerhall. Und man muß den jungen Leuten sogar sagen, sie sollen sich die Nase putzen. Alte Leute schneuzen sich nach Herzenslust, was ihren Nasen und ihnen selber guttut.

Dann gibt es gewisse junge Gentlemen, die ihre Nase putzen, obwohl es gar nicht nötig ist. Sie glauben, das würde ihnen eine etwas reifere Aura verleihen. In mancher Hinsicht erinnern sie mich an jene junge Männer, die Schnurr- oder sogar Kinnbärte tragen, in der Hoffnung, dadurch älter auszusehen.

Diese unreifen Nasenputzer wirken gekünstelt, und die Laute, die sie von sich geben, klingen hohl. Wer erprobte Ohren besitzt, durchschaut sie mühelos, ebenso jeder, dessen Eltern oder Großeltern eifrige Nasenputzer waren. Stets konnte ich die Geräusche, die mein Vater produzierte, von anderen unterscheiden, und wann immer ich ihn in der Ferne hörte, wußte ich, daß die Welt in Ordnung war.

Außerdem gibt es junge Burschen, die ihre Nase putzen, um männlicher zu erscheinen. Aber das klappt nicht. Ich vergleiche sie gern mit schnaubenden Elefantenbabys, die von ihren Müttern getrennt wurden. Hingegen erreicht die Explosion eines ausgewachsenen Rüssels die kraftvollen Vibrationen, die ein Elefantenopa hervorbringt.

Als kleiner Junge kannte ich mürrische, reizbare ältere Gentlemen, die sich schneuzten, um andere Leute einzuschüchtern. Das funktionierte in den meisten Fällen, aber niemals, wenn sie diesen Trick in Gegenwart anderer Nasenputzer anwandten.

Eine professionell geputzte Nase, deren Geräusche aus der richtigen Richtung kommen, erzielt oft denselben Effekt wie ein Tritt in den Hintern. Um die Wirkung zu steigern, sollte man sich an ruhigen oder weihevollen Orten schneuzen, wo normalerweise tiefes Schweigen herrscht. Eine plötzlich und lautstark geputzte Nase in einem stillen Raum kann einen Angreifer überrumpeln und auf der Stelle in die Flucht schlagen.

Nur in einer einzigen Situation mißfällt mir ein solcher Lärm – und zwar jedesmal, wenn ich an einem qualvollen Kater leide. Dann laufe ich immer davon, sobald ein Nasenputzer auftaucht. Soll er sich getrost schneuzen, solange ich nicht in seiner Nähe bin.

Die folgenden Ereignisse beweisen eindeutig, welch erfreuliche Ausmaße das Schneuzen annehmen kann. In einem fernen Land lebte ein Nasenputzer, der ein Loch in sein Taschentuch blies, als sein verlorener Sohn endlich heimkehrte. Und ein anderer schnaubte seinen eigenen Hut vom Kopf, weil er niesen mußte, nachdem seine Enkelin am Weihnachtsabend verkündet hatte, sie würde ihn lieben.

Ich finde, in jedes Haus gehört ein Nasenputzer von besonderem Format. Denn ein gewaltiges, donnerndes, kriegerisches Schnauben verscheucht unbefugte Eindringlinge viel wirksamer als Hundegebell. Letzteres wird jeder Einbrecher sofort erkennen. Aber der Lärm eines geübten Schneuzers könnte von einem Eisbären, einem Tiger oder sogar einem Elefanten stammen!

Zu guter Letzt muß wohl erwähnt werden, daß ein vehementes Geschnaube in ein überdimensionales Taschentuch die einzige Ausdrucksform sprachlich unbegabter Menschen ist – insbesondere jener schüchternen Seelen, die an leuchtenden Weihnachtstagen ihre ganze Liebe und Sorge demonstrieren wollen.

Süße Rache

Jack Frost war nicht so kaltschnäuzig oder verfroren, wie es sein Name vielleicht vermuten läßt, sondern herzlich und munter, aufgeschlossen und gutmütig. Jeden Sonntag warf er einen stattlichen Geldschein in die Sammelbüchsen, die man an strategisch ausgewählten Stellen beim Kircheneingang postierte, um irgendwelchen wohltätigen Zwecken zu dienen. Trotzdem war er längst nicht so beliebt wie zum Beispiel Dinny Doublesay, der nur sehr wenig für die Wohlfahrt tat, aus dem einfachen Grund, weil er nicht viel zu verschenken hatte. In seiner Glanzzeit hatte Dinny beim ortsansässigen Footballverein gespielt, und angeblich faszinierte er alle Mädchen. Außerdem trainierte er schon seit Jahren das erfolgreiche Unter-Vierzehn-Team, und die Jungs schätzten ihn ebenso wie ihre Eltern. Jack Frost mochte ihn nicht. Einmal gestand er seiner Frau, er würde allein schon Dinnys Anblick hassen, konnte aber nicht erklären, warum.

»Vielleicht, weil ihn alle anderen mögen?« fragte sie.

»Ja, wahrscheinlich liegt's daran«, antwortete er irritiert.

»Oder es mißfällt mir, daß er ein lausiger Kerl ist und Warzen hat und in der Nase bohrt und allen Frauen nachstellt.«

»Aber er ist verwitwet«, argumentierte seine Frau, »und Witwer müssen sich keinen Zwang antun.«

»Halt den Mund!« schrie er und zog sich die Bettdecke über den Kopf.

Seine Frau lachte leise, und bevor sie einschlief, überlegte sie, warum es nie zu einer offenen Konfrontation zwischen Jack und dem Mann gekommen war, den er verabscheute. Immerhin lebten sie in einer Kleinstadt, und beide saßen oft genug im Gilhaffy's, der Kneipe des Footballvereins, wo sich die Spieler und Fans nach jedem Match versammelten.

Wie sie wußte, neigte Jack dazu, den rechten Augenblick abzuwarten, stets auf der Suche nach einer Gelegenheit, um sich an jemandem zu rächen, der ihm übel mitgespielt hatte oder den er aus unerfindlichen Gründen nicht leiden konnte.

Sie kannte Jack Frost. Seit dreißig Jahren war sie mit dem Mann und mit seinem Laden verheiratet. Trotz seiner scheinbaren Herzlichkeit gab es niemanden, der im Geschäftsleben so skrupellos seinen Vorteil suchte. Wann immer er dachte, es ließe sich irgendwie machen, verlangte er überhöhte Preise, und wenn er die Waren abwog – nun ja . . . Seine Instinkte wehrten sich gegen gewisse Regeln. Einmal hatte er einer alten Kundin zu viel Geld für Würste von minderer Qualität abgenommen und von seiner energischen Frau zu hören bekommen, das sei nicht richtig.

»Natürlich nicht«, stimmte er zu. »Aber es ist auch nicht

richtig, daß sie Sardinenbüchsen in ihren Ausschnitt stopft, wenn sie glaubt, niemand würde hinschauen, und Trauben in ihren Mund steckt, obwohl sie gar keine kaufen will.«

Eines späten Abends, an der Fleischtheke des Supermarkts, fand die Konfrontation statt, die Kate Frost seit langem erwartete und fürchtete. Wie immer trug Jack einen untadeligen, frisch gewaschenen weißen Kittel und eine ebenso saubere Mütze. Jeden Kunden begrüßte er, als würde er einen Verwandten wiedersehen, den er jahrelang schmerzlich vermißt hatte. Doch sein Lächeln erlosch, sobald er Dinny Doublesay sah, obwohl letzterer eine Zwanzigpfundnote in der Hand hielt. Mit einem knappen Dankeswort nahm Jack das Geld entgegen, nachdem er vier Scheiben Lammleber eingewickelt hatte, die Dinny lieber aß als Koteletts, Steaks und Nieren.

Jack legte den Geldschein in die Kasse, verzog das Gesicht zu einem honigsüßen Grinsen und gab seinem Opfer boshafterweise auf zehn Pfund heraus.

»Aber das waren zwanzig«, bemerkte Dinny möglichst beiläufig, weil er kein Aufsehen erregen mochte.

»Sind Sie auch sicher, daß es nicht hundert waren?« rief Jack, damit es alle Leute im Laden hörten.

Die Lippen gekräuselt, nutzte Dinny die tödliche Stille, die ihn umgab, und verkündete: »Ich hab' mit zwanzig Pfund bezahlt, und Sie haben mir auf zehn rausgegeben. Also krieg ich noch zehn.«

»Kommen Sie doch her, und schauen Sie in die Kasse! Dann werden wir sehen, wer hier wen beschwindelt.« Jack Frost trat zur Seite und ließ den Ankläger vorbei. Um nur ja nichts zu versäumen, eilten mehrere Kunden zum Schauplatz der Ereignisse. Als das Schubfach der Kasse herausschnellte, wollte Dinny hingehen.

Aber der Besitzer des Supermarkts hielt ihn zurück. »Erst mal brauchen wir unbeteiligte Zeugen!« Gebieterisch hob er eine Hand und schüchterte zwei Frauen dermaßen ein, daß sie sich zur Verfügung stellten.

In ihrem Beisein überprüfte Dinny Doublesay mehrmals den Inhalt der Kasse, ohne seine Zwanzigpfundnote zu finden. Von Jack Frost bedrängt, bestätigten die Zeuginnen, der Geldschein sei nicht vorhanden. Da lagen nur Fünfer und Zehner, aber keine Zwanziger.

»Nun, sind Sie jetzt zufrieden, Mr. Doublesay?« Jack Frost rammte die Kasse zu und widmete seine Aufmerksamkeit den beiden Kundinnen, die ihn rehabilitiert hatten.

Unschlüssig stand Dinny daneben, dann schlurfte er zum Ausgang. Er war verwirrt und verlegen, denn er hätte schwören können, daß er dem Ladenbesitzer zwanzig Pfund ausgehändigt hatte. Sicher war's am besten, wenn er nach Hause zurückkehrte. Seine Tochter würde es wissen, weil sie ihm das Geld gegeben hatte, bevor er einkaufen gegangen war.

Hinter ihm eskortierte Jack Frost die beiden Zeuginnen zum Weinregal, wo sie sich zum Lohn für ihre Ehrlichkeit und Integrität einen besonderen Jahrgang aussuchen durften. »Gerichtskosten!« lachte er und strahlte übers ganze Gesicht.

Später tuschelten die Leute über den Zwischenfall, und abgesehen von den Zeuginnen glaubte niemand an Jack Frosts Unschuld. Viele erinnerten sich an ähnliche Erlebnisse.

Zu Hause angekommen, sank Dinny Doublesay in seinen Lieblingssessel. Seine Tochter spürte sofort, daß irgendwas nicht stimmte, und setzte sich zu ihm.

»Hast du mir nicht einen Zwanzigpfundschein gegeben, als ich weggegangen bin?« fragte er.

»Klar«, bestätigte sie.

Seine Footballkumpel bemitleideten ihn im Hinterzimmer vom Gilhaffy's, besonders seine drei engsten Freunde, die Maglane-Brüder Johnny, Jerry und Jimmy – früher der harte Kern des Teams. Als Stürmer halblinks, in der Mitte und halbrechts hatten sie ein unschlagbares Trio gebildet. Sie spezialisierten sich auf lange Pässe, die sie mit der Hand warfen oder mit dem Fuß schossen. Oft flog der Ball vierzig Meter weit zu seinem Ziel, wo einer der Brüder klammheimlich auftauchte, um ihn zu fangen und prompt über die Grundlinie oder Torlatte zu bugsieren. Die Reporter der Lokalzeitung hatten ihre Phantasie, ihren Spielwitz, ihre Präzision und Schnelligkeit gelobt. Aber es waren vor allem die Pässe aus unmöglichen Distanzen gewesen, die sie ausgezeichnet hatten.

Im Hinterzimmer von Gilhaffy's fragten die Fans einander oft nach dem besten Spieler, der dem Team jemals angehört hatte. Und die Antwort lautete unweigerlich: »Den kenne ich nicht. Ich weiß nur, wer die drei besten waren.«

Mit Dinny Doublesay verstanden sich die Maglanes besonders gut. Als ihr Aufstieg in den Himmel des Ruhms begonnen hatte, war er Stürmer gewesen. Immer wieder spielten sie ihm uneigennützige Pässe aus weniger günstigen Positionen zu, wenn er sich der Grundlinie näherte.

»Wenn wir gut kombinieren«, pflegte Johnny Maglane vor den Meisterschaftsspielen zu verkünden, »sind wir unschlagbar.«

»Erst müssen wir den Gegner kommen lassen«, empfahl Jerry Maglane, »und dann wie ein Mann nach vorn stürmen – eine unaufhaltsame Woge!« Er war der Poet in der Familie Maglane, und er hatte mehrere Balladen über die Abenteuer und Triumphe des Teams verfaßt.

»Nur ein Team, das harmoniert, bleibt für immer vereint!« lautete ein Lieblingsspruch von Jimmy Maglane. Damit hatte er den fünfzehn Spielern Mut gemacht, bevor sie entschlossen und tatendurstig aufs Feld gelaufen waren.

An jenem Abend im Hinterzimmer vom Gilhaffy's kannten sie nur einen einzigen Gedanken – Rache an Jack Frost. Gewaltaktionen kamen nicht in Frage, denn das Team hatte seine größten Erfolge erzielt, wenn es brutalen Gegnern mit spielerischen Kabinettstückchen zu Leibe gerückt war.

Jerry Maglane – nicht nur der Poet, sondern auch der Stratege des Teams – schmiedete vor jedem Match einen Plan. Manchmal änderte er plötzlich die Taktik, um eine drohende Niederlage in einen Sieg zu verwandeln. Niemand hält so unerschütterlich oder loyal oder brandgefährlich oder leidenschaftlich zusammen wie die Überlebenden eines einst erfolgreichen Footballteams. Von unbeirrbarem Selbstvertrauen erfüllt, wissen sie, daß sie alles erreichen können, wenn sie eine geschlossene Front bilden.

Deshalb mischte sich auch niemand in Jerrys Überlegungen ein, während er seinen Racheplan schmiedete.

Ganz allein saß er in einer Ecke, murmelte vor sich hin, kratzte sich abwechselnd an der Nase, an der Stirn und am Kinn. Manchmal zupfte er an den Ohrläppchen, als wären sie Pumpenschwengel, die grandiose Ideen in sein

Gehirn beförderten. Die anderen warfen ihm erwartungsvolle Blicke zu.

»Ah!« triumphierte er am Ende seiner Spekulationen. »Jetzt hab' ich's.«

Automatisch drückte ihm Johnny ein Glas Malzbier in die Hand. Niemand wußte besser als er, was für eine anstrengende Geistesarbeit sein Bruder vollbracht hatte. Und niemand bat Jerry Maglane, seinen Plan zu enthüllen. Zu gegebener Zeit würde man alles erfahren, und die Vorfreude war um so schöner.

Am späten Abend brannten nur mehr wenige Lampen im Hinterzimmer, nur der harte Kern des einstmals besten Teams saß immer noch beisammen, und da erklärte Jerry Maglane, was er brauchte, um sein Projekt zu verwirklichen. »Unsere zwei besten Fänger und den Werfer, der die schönsten langen Pässe schlägt. Mehr will ich gar nicht verraten, bevor es passiert und die Ehre unseres Kameraden gerächt wird.«

Dann legte er eine Hand auf Dinny Doublesays Schultern, eine Träne glänzte in seinem Auge, und die Lippen, die auf dem Spielfeld zahllose strenge Befehle erteilt hatten, bebten gefühlvoll.

»Jetzt will ich nur so viel sagen«, wandte er sich an den einstigen Klassestürmer. »Kauf bloß nichts für Weihnachten, und erzähl niemandem ein Sterbenswörtchen, bevor alles erledigt ist.«

Danach verstrichen die Abende sehr langsam, und die Weihnachtsfreude wuchs, bis die ganze Stadt in Stimmung kam. Zwei Tage vor dem Fest konnte man bis neun Uhr abends einkaufen.

Während die Sperrstunde immer näher rückte, betraten Johnny Maglane und seine Frau Pidge den Supermarkt, in der scheinbaren Absicht, Vorräte für die Feiertage zu kaufen.

»Nun mußt du Jack Frost in ein Gespräch verwickeln«, wies Johnny seine Frau an. »Und paß auf, daß er mir die ganze Zeit den Rücken zukehrt.«

Eifrig nickte Pidge Maglane. Sie ahnte bereits, was sich da anbahnte, und sie wollte nur zu gern mitspielen. Da Dinny Doublesay eine respektable Position im Freundeskreis einnahm, war sie ebenso wie die anderen Verschwörer bestrebt, dem Ladenbesitzer eins auszuwischen. Außerdem zweifelte sie nicht an ihrer Fähigkeit, Jack Frost in eine lange, interessante Konversation zu verwickeln, denn er bedachte sie immer wieder mit sehnsüchtigen Blicken.

»Verdammt«, flüsterte er oft vor sich hin, »nie werde ich verstehen, wie diese verflixten Footballer, die nichts in den Köpfen haben, so hübsche Frauen einfangen konnten. Ich meine«, setzte er das Selbstgespräch fort, »was haben die, was ich nicht habe? Und trotzdem fallen die tollsten Frauen auf diese sogenannten Athleten herein, die den Ball dauernd danebenschießen.«

Wie das alles zusammenhing, sollte er niemals erfahren. Als Pidge Maglane zu ihm schlenderte und vorschlug, ein ruhigeres Eckchen aufzusuchen, nutzte er die Chance und führte sie hinter eine Pyramide aus Hunde- und Katzenfutter. Begierig wartete er auf Enthüllungen, die sein Herz beglücken würden. Aber vorerst schwieg sie, weil ihr nichts einfiel.

»Nun?« Jack Frost trat von einem Fuß auf den anderen.

»Nun . . .«, wiederholte sie die Frage und zerbrach sich den Kopf. Um Himmels willen, was sollte sie sagen? »Ach ja!« fügte sie vertraulich hinzu, als würde sie sich plötzlich wieder an ihr Anliegen erinnern. »Würden Sie vielleicht unserer Theatertruppe beitreten?«

»Ich?« erwiderte Jack Frost verblüfft.

»Warum nicht?« Jetzt kam Pidge so richtig in Fahrt. »Immerhin sehen Sie gut aus, und Sie verstehen sich zu bewegen. Das sind die wichtigsten Vorzüge, die ein Schauspieler mitbringen muß. Außerdem wird's Ihnen nicht schwerfallen, ihren Text zu lernen. Sie kennen ja auch die Preise aller Waren in Ihren Regalen, und wenn Sie sich so prosaische Dinge merken können, werden Sie Ihren Text auch nicht vergessen. Und Ihre Stimme! So machtvoll und doch sanft und verführerisch! Und dann Ihre Augen, richtige Schlafzimmeraugen . . . Mein Lieber, Sie sind wie geschaffen für die Bühne!«

In dieser Phase des Gesprächs flog ein Gegenstand über Jacks Frosts Kopf hinweg. »Was war das?« Nervös spähte er nach oben, sah aber nichts.

»Was war was?« Pidge Maglane wußte sehr gut, daß irgend etwas durch die höheren Regionen gesaust war.

»Kümmern Sie sich nicht darum!« Mit einer lässigen Geste tat er die Störung ab und wünschte, die unverhoffte Lobeshymne würde ihren Fortgang nehmen.

Es war ein zehn Pfund schwerer Truthahn in einer Plastikhülle gewesen, den Pidges Ehemann Johnny aus dem Kühlfach genommen hatte. Als gerade niemand hinschaute, schleuderte er ihn vierzig Meter weit in Richtung Ausgang. Dort fing sein Bruder Jerry den Vogel auf und warf ihn mindestens fünfzig Meter weit zum dritten Maglane, der ihn geschickt aus der Luft pflückte und in den offenen Kofferraum seines Autos beförderte.

Danach folgte ein gekochter Schinken. Und so großartige Leistungen die Maglanes in ihren Glanztagen auch vollbracht hatten – nun wurden sie von ihrem ältesten Bruder doch auf eine harte Probe gestellt. Er nahm eine Flasche Cuvée Dom Perignon 1985 aus dem Weinregal, wog sie liebevoll in einer Hand und bugsierte sie präzise in die wartenden Finger des hochgelobten Fängers Jerry, der sie dem dritten Bruder zuwarf. Wohlbehalten landete sie neben dem Truthahn und dem Schinken im Kofferraum.

Nach dem Champagnerraub entschied Johnny Maglane, daß es genug war. Die drei Artikel, die schwerelos durch die Luft gesegelt waren, würden Dinny Doublesay hinreichend entschädigen.

Wenn Jack Frost erfuhr, was geschehen war, würden der Schinken und der Truthahn bereits verspeist sein. Und Dinny Doublesay würde seinen Champagnerkelch erheben, um mit seiner geliebten Tochter auf das Weihnachtsfest anzustoßen.

Weihnachtsfreuden

Mit einundsiebzig besaß »Dachs« MacMew immer noch einen Großteil seines graumelierten braunen Haars, dem er seinen Spitznamen verdankte. Ansonsten sah er jedoch kein bißchen wie ein Dachs aus. Er war groß, schlank, elegant – und stets sehr höflich, was man von seinen boshaften Nachbarn, die ihn mit jenem fleischfressenden Säugetier verglichen, nicht behaupten konnte.

»Es ist unfair«, pflegte Mary Agge Lehone den wenigen Kunden zu erklären, die ihren winzigen Gemüseladen am Ende der langen Straße immer noch besuchten. Irgendwann hatte dieses Etablissement bessere Zeiten gesehen. »Ich meine, er ist so kultiviert, und er belästigt niemanden. Immer wieder bringt er mir Torf aus reiner Herzensgüte, und er verlangt nichts dafür.«

Zum Teil stimmte es, was Mary Agge sagte. In langen Wintermonaten durchstreifte Dachs MacMew die nahen Wälder, um Anzündmaterial für die hellodernden Torffeuer zu sammeln, die man in dieser Gegend schätzte. Der wackelige Torfschuppen im Hintergrund des Lehone-

Anwesens war zwar niemals randvoll. Aber es fand sich jederzeit ein Kiste, mit Torf gefüllt, allerdings nicht in schwarzer Spitzenqualität, sondern mit braunen und schwarzen Grassoden, die viel zu schnell verbrannten. Die schwarzen Soden aus tieferen Schichten brannten von morgens bis abends – vorausgesetzt, sie wurden fachgerecht behandelt.

In Dachs MacMews Torfschuppen, ein paar Türen von Mary Agges Haus entfernt, lagerte überhaupt kein Torf, nur Brenn- und ein bescheidener Haufen Anmachholz. Da der alte Mann von einer kleinen Pension lebte, konnte er seinen Holzvorrat nicht mit Torf oder Kohle aufstokken. Aber er ging sparsam und sehr geschickt mit seinem Brennholz um, und so loderte stets ein kleines Feuer in seinem Herd, wenn er daheim war. Der elektrische Strom verharrte damals immer noch hinter den Kulissen des neuen Zeitalters. Deshalb benutzten die Bewohner der Straße Holz und Torf, um die Kälte fernzuhalten, Wasser zu kochen, ihre Mahlzeiten zu erhitzen, Kleider, Gesicht und Hände und sonstige Körperteile zu waschen.

Ehe wir fortfahren, muß erwähnt werden, daß Dachs MacMew den Lehone-Torfschuppen nicht nur aus reiner Herzensgüte bestückte. Sein Leben lang hatte er den Junggesellenstand bevorzugt. Vor dreißig Jahren war Mary Agges Ehemann Walter plötzlich verblichen, während er den Schornstein gereinigt hatte. Diese Arbeit hatte ihn überfordert. Als er lautlos zu Boden fiel, war er bereits tot.

Mary Agge, um jene Zeit erst siebenunddreißig, hätte wieder heiraten können, lehnte aber alle Anträge ab. Klein und zierlich und auf ihre Art recht hübsch, lockte sie zahlreiche Bewerber an. Zudem besaß sie ein eigenes Haus, an dessen Vorderfront der Gemüseladen lag. Sie war eine ausgezeichnete Köchin. Nicht einmal ihre Kritiker durften behaupten, sie würde jemals ein böses Wort über ihre Mitmenschen äußern. Jeden Morgen empfing sie die heilige Kommunion, und sie gehörte dem weiblichen Trio an, das regelmäßig und pflichtbewußt den Altar der Gemeindekirche schmückte.

Hingegen versäumte Dachs MacMew gelegentlich den Gottesdienst und ging nur einmal im Jahr zur Kommunion. Nach Ansicht der meisten Nachbarn war er trotzdem kein schlechter Kerl und würde gewiß die ewige Seligkeit verdienen, wenn er sich nur ein bißchen besserte. Hin und wieder litt er an schmerzhafter Arthritis. Aber ansonsten wirkte er gesund und agil. Bis zu seinem achtundsechzigsten Lebensjahr hatte er Hosen geschneidert. Dann war er von seinen arthritischen Fingern gezwungen worden, in den Ruhestand zu treten.

Nach Walter Lehones Tod hatten viele Leute geglaubt, Mary Agge würde an gebrochenem Herzen sterben. Doch sie erholte sich erstaunlicherweise von ihrem Kummer, so wie die meisten Witwen, und fristete ihr einsames Dasein so zufrieden, wie es einer Frau in dieser Situation möglich ist.

Kurz nach Walters Begräbnis beschloß Dachs MacMew, einen kleinen Beitrag zu Mary Agges Lebensunterhalt zu leisten. Solange er in die Wälder gehen konnte, würde sie niemals auf ihren Torf verzichten müssen. Er verliebte sich allmählich in sie, entschied aber, daß sie das nie erfahren dürfe. Vielleicht würde es der Freundschaft schaden, wenn er ihr seine wahren Gefühle gestand. Oder sie wäre sogar beleidigt und würde die Beziehung beenden. Und so hielt er den Mund und hoffte, sie möge an der Qualität und Pünktlichkeit seiner Torflieferungen erkennen, wie sehr er sie schätzte und daß er sie verehren würde, bis der letzte Krümel seiner bescheidenen Gaben in ihrem Herd zu Asche zerfiel.

Jede Nacht träumte er von ihr, und wenn er erwachte, galt sein erster Gedanke ihr. Er malte sich immer wieder aus, irgend etwas würde ihr eines Tages seine Liebe verraten, ein unvorhergesehener Zwischenfall, der eine Wende zu seinen Gunsten herbeiführen mochte, ein schicksalhaftes Ereignis. Und dann würde er sie umarmen, ihr weiches Haar an seinem Ohrläppchen spüren und in ihre lachenden haselnußbraunen Augen schauen.

In seinen Träumen unternahmen sie gemeinsame Reisen, teilten denselben Geschmack, schwelgten in herrlichen Landschaften und genossen unvergleichliche Sonnenuntergänge. Wenn man Dachs MacMew betrachtete, hätte man niemals vermutet, daß er sich so romantischen Phantasien hingab. Doch das gehört nun einmal zu den Realitäten des Lebens – man sollte niemals über die romantischen Emotionen eines Mannes staunen, dem man nichts dergleichen zutraut. Alle Menschen sehnen sich nach Phantasie, aber es ist gefährlich, sich in einer engen Beziehung zu offenbaren. Aus diesem Grund wartete Dachs MacMew immer auf den richtigen Augenblick, so wie Millionen zaghafte Gemüter in aller Welt.

Er wußte sehr wohl, daß auch andere in seiner Nachbarschaft mit fairen oder unfairen Mitteln die Aufmerksamkeit seiner geliebten Mary Agge zu erregen suchten. Und er fürchtete, sie könnte plötzlich von einem Ritter in schimmernder Rüstung entführt werden, während er zauderte und auf ein Wunder hoffte. In dieser Hinsicht erschien ihm ein bestimmter Rivale so bedrohlich wie sonst keiner. Diesen Kerl, der Danny Sagru hieß, hielt er für ein skurriles, schändliches Großmaul. Jede Straße hat ihren Danny Sagru, dachte er voll Bitterkeit.

Und eines Tages hörte er zu seiner Verblüffung, wie Mary Agge den Schurken »keinen üblen Kerl« nannte.

Kein übler Kerl! In Gedanken wiederholte er diese unverdiente Bezeichnung. Großer Gott! Wie naiv das weibliche Geschlecht im allgemeinen war, wie ahnungslos die unglückselige Frau im besonderen!

Zweifellos gebührte Danny Sagru der Titel des unbeliebtesten Mannes von der ganzen Straße. Und wenn man die nähere Umgebung sondiert, würde man kaum jemanden finden, der auch nur ein einziges gutes Haar an ihm ließ. Dafür gab es mehrere Gründe. Er besaß ringsum die größten Ländereien und war sogar reicher als Tom Shine, der Textilkaufmann, Joe Willies, der Bäcker, und Ned Hobbs, der Lebensmittelhändler.

Und Danny Sagru war seines Wohlstands unwürdig, weil er ständig damit prahlte. Geräuschvoll klimperten die Münzen in seinen Hosentaschen, überall schleppte er dicke Banknotenbündel mit sich herum, selbst wenn es überflüssig war.

Falls er mal einem kleinen Jungen einen Penny schenkte, verpflichtete er den Almosenempfänger, sämtlichen Leuten davon zu erzählen.

Niemals spendete er etwas für wohltätige Zwecke. Und trotzdem behauptete Mary Agge Lehone, er sei kein übler Kerl. O, doch, er war ein sehr übler Kerl, was Dachs MacMew jederzeit unterschreiben würde. Ein paar Jahre älter als er selbst, mit einem Appetit wie ein Pferd . . . Moment mal, MacMew wollte seinen Erzrivalen in aller Ruhe und objektiv beurteilen.

Sollte er irgendwann unter Eid stehen, würde er zugeben müssen, daß der Schurke eine gewisse Pseudoloyalität besaß. Sein Gemüse kaufte er ausschließlich bei Mary Agge Lehone. Mochten die Kohlköpfe auch verwelkt, die Kartoffeln matschig, die Steckrüben erfroren, die Pastinakwurzeln und Möhren verschrumpelt und die Blumenkohlröschen braun verfärbt sein – das störte Danny Sagru nicht. Und was Dachs MacMew ganz besonders beunruhigte – der Mann fragte nie nach dem Preis. Lässig legte er die Münzen auf den Ladentisch, und das wirkte geradezu extravagant.

»Ihr Wechselgeld, Ihr Wechselgeld!« rief sie ihm nach, wenn er zur Tür hinaus stürmte, in einer Hand den Kohl, in der anderen einen Kartoffelsack.

»Behalten Sie's, behalten Sie's!« rief er zurück, als hätte er sie großzügig beschenkt, obwohl es höchstens ein halber Penny war.

Trotz seines Reichtums bewohnte er immer noch das bescheidene Heim, in dem er das Licht der Welt erblickt hatte. Sein Haus war einstöckig, so wie alle anderen in der Straße, mit zwei Schlafzimmern. Hinten im Schuppen stapelte sich schwerer schwarzer Torf. Von dort führte ein schmaler Weg zu den Nachbarschuppen, wo ebenfalls Brennmaterial gelagert wurde. Die meisten dieser

Verschläge sahen gleich aus, mit schwarzgestrichenen Wellblechdächern, ziemlich wackelig und baufällig. Nur Danny Sagrus Schuppen bildete eine Ausnahme, ein Musterbeispiel seiner Gattung, bis zur Decke mit Soden vollgestopft, schwarz wie ein Pikas, schwer wie Blei und viel ergiebiger als Kohle.

Danny wurde von mehreren Lieferanten versorgt, die seine präzisen persönlichen Bedürfnisse nach langjähriger Praxis kannten. Regelmäßig fuhren die Pferdewagen der Torfstecher zu seinem Schuppen, beladen mit erstklassiger Ware aus tiefen Erdschichten.

Der Preis stand ein für allemal fest, und die erfahrenen Torfstecher sagten zu den Neulingen: »Feilscht nicht mit ihm, dann feilscht er nicht mit euch. Mehr Geld kriegt ihr nicht, aber das, was euch zusteht.«

In diesem Winter trat ein Ereignis ein, das nur alle zehn Jahre vorkam – eine schlechte Torfernte, und die ärmeren Leute litten darunter. Danny Sagru litt kein bißchen. Mochten die Witwen und Waisen in der Nachbarschaft auch erfrieren – er rückte nichts von seinen Soden heraus. Natürlich wußten seine Nachbarn, daß es pure Zeitverschwendung wäre, ihn um ein bißchen Brennmaterial zu bitten, damit sie die Zeit überbrücken konnten, bis die Sümpfe trocknen und die Torfstecher ihre Fundstellen wieder erreichen würden. Und so durchsuchten sie, wie Dachs MacMew, die Wälder nah und fern, um Holz und Soden zu sammeln.

MacMew führte die jüngeren Männer zu Stellen, wo alte Baumstämme seit Jahren verrotteten. Da sägten und hackten sie, bis sie einen spärlichen Vorrat ergattert hatten. In all diesen Nächten saß Danny Sagru vor seinem warmen Feuer und vertiefte die Röte seiner wulstigen Nase, indem er ein Glas Punsch nach dem anderen leerte. Niemand teilte seinen Herd, kein Hund, keine Katze, kein Kind, kein Nachbar oder Freund. Was er auch genoß – er genoß es stets allein.

Inzwischen loderte Mary Agge Lehones Feuer immer schwächer, ging aber niemals aus. Dafür sorgte Dachs MacMew. Er brachte ihr Brennstoff, so viel er nur konnte, bis der stille Frost eine kalte weiße Decke über Felder und Sümpfe breitete, über Wälder und Straßen und Dächer. Einen Tag nachdem es zu frieren begonnen hatte, staunte Danny Sagru, weil das kalte Wetter seinen Torfvorrat schrumpfen ließ. Statt sein lebhaftes Pony vor den glänzenden offenen Zweisitzer zu spannen, mietete er eine Kutsche und fuhr fünfzehn Meilen weit zu einem Viehmarkt.

Wenige Tage vor dem Weihnachtsfest war das Futter knapp, und die Nachfrage nach Rindern ging zurück. Also mußte man um diese Zeit kaufen. Ein Mann wie Danny Sagru, der genug Futter und Geld wie Heu besaß, konnte seine Herde zu einem geringen Preis aufstocken. Das hatte er schon oft getan und mittels dieser klugen Investitionen einen Großteil seines Vermögens erworben.

Auf der Fahrt zu dem Dorf, wo der Markt abgehalten wurde, erregte ein Vehikel, das langsam einen schmalen, von Hecken gesäumten Seitenweg zur Hauptstraße heraufrollte, Dannys Aufmerksamkeit.

»Halt!« rief er seinem Kutscher zu.

Als der Lastkarren die Kreuzung erreichte, stieg Danny aus seiner Droschke und hob eine Hand, um zu bekunden, daß er ein Anliegen vorbringen wollte. Auf diesem Wagen türmte sich die größte rabenschwarze Torfladung, die Danny Sagrus gierige grüne Augen je gesehen hatte. Eine kräftige schwarze Stute zog das Fahrzeug, sechzehn Handbreit hoch, mit glänzenden Muskeln von der Mähne bis zu den Fesselgelenken, ein schönes Tier und würdig, eine so kostbare Fracht zu befördern.

»Wieviel?« fragte Danny Sagru.

Der Torfstecher, ein vierschrötiger, dunkelhäutiger Bursche, warf einen Blick auf seine Ware, als würde er ihre Existenz eben erst bemerken. Dann musterte er den Mann, der nach dem Preis fragte und keineswegs ärmlich aussah. »Ein Pfund, zwei Shilling und Sixpence«, lautete die knappe Antwort.

Danny wanderte um die Stute und den Wagen herum und betastete einzelne Soden.

»Wenn Sie mir jetzt aus dem Weg gehen würden, guter Mann . . .« Der Torfstecher rüttelte an seinen Zügeln. »Im Dorf warten meine Kunden, und ich hab's eilig.«

»Moment mal!« Gebieterisch hielt Danny Sagru eine Hand hoch und postierte sich vor der Stute. Sie schüttelte ihr glänzendes Geschirr, hob den wohlgeformten Kopf mit den empfindsamen Nüstern und spitzte die Ohren. »Wenn ich Ihnen das Geld gebe – würden Sie die Fracht zu meinem Haus in Ballyfurane bringen?«

»Dann muß ich sieben Meilen hin und sieben Meilen zurückfahren. Also braucht mein Pferd eine ganze Menge Hafer. Das kostet einen Shilling mehr.« Der Torfstecher verschränkte die Arme vor der Brust.

»Darüber will ich nicht mit Ihnen streiten.« Danny drückte ihm das Geld in die Hand. »Geben Sie mir einen Glückspfennig!« forderte er den Mann auf, der ihm erklärte, einen Glückspfennig würde er nur bei größeren Summen zahlen. »Kennen Sie mich?«

»Glauben Sie vielleicht, die ganze Welt würde Sie kennen?«

»Wenn Sie ins Dorf fahren, fragen Sie die Leute. Jeder kann Ihnen zeigen, wo ich wohne. Hinter dem Haus steht der Torfschuppen. Den habe ich nicht abgesperrt. Meine Nachbarn sind zwar verschrobene arme Schlucker, aber viel zu stolz, um mich zu bestehlen. Nun, dann machen Sie sich auf den Weg. Wer weiß, vielleicht kommen wir je wieder mal miteinander ins Geschäft.«

»Vielleicht, wenn der Preis stimmt – obwohl Ballyfurane nicht auf meiner Strecke liegt«, erwiderte der Torfstecher und spornte die Stute an.

Das Dorf Ballyfurane bestand aus einer langen Hauptstraße und zwei schmalen Seitenstraßen. In den Schaufenstern der kleinen Läden lagen Stechpalmenzweige und Efeu. Einige waren auch mit Rauschgoldgirlanden, Kerzen und selbstgebastelten Weihnachtskrippen geschmückt.

Da das Fest immer näher rückte, herrschte eine heitere Stimmung auf der Hauptstraße. Die Leute erledigten ihre Einkäufe, und das Geschäft ging so gut, wie man es in einem kleinen Ort wie Ballyfurane erwarten durfte.

Als die Angelusglocke läutete, um an die Menschwerdung Christi zu erinnern, so wie immer um zwölf Uhr mittags, stand Dachs MacMew an der ruhigsten der vier Straßenecken. Die Hände tief in den Hosentaschen vergraben, das Gesicht unrasiert, schien er ins Leere zu starren.

Aber er fühlte sich keineswegs bedrückt. Vor fünf Minuten war er zu Mary Agge Lehone gegangen, um ihr ein Bündel erstklassiges Brennholz zu bringen, und zum Dank hatte sie tatsächlich ihre Finger auf seine Hand gelegt. Da er bei der Wahrheit bleiben wollte, sollte er vielleicht besser sagen, ihre Finger hätten seinen Handrücken gestreift. Trotzdem war das ein erfreulicher Fortschritt, gemessen an dem Lächeln, das ihn bisher belohnt hatte.

Und während er in die Ferne schaute, entdeckte er den Torfwagen mit der schwarzen Stute, von einem Torfstecher gelenkt, den er noch nie zuvor gesehen hatte. Langsam zog er die Hände aus den Taschen und schlenderte dem Karren entgegen, von jener natürlichen Neugier getrieben, der alle Dorfbewohner in jenem Teil der Welt erfüllte. Aber er war ganz besonders neugierig und mußte immer wissen, was in seiner Gemeinde geschah. Sobald er näher kam, wurde die Stute zu seiner Verblüffung gezügelt.

»Verzeihen Sie, Sir!« redete der Torfstecher ihn respektvoll an. »Ich suche das Haus von Danny Sagru.«

Dachs MacMew antwortete nicht sofort. Wie er herausgefunden hatte, war der Besitzer des gesuchten Hauses nicht im Dorf und würde vermutlich erst gegen Abend zurückkehren, weil er sich immer mehrere Gläschen zu genehmigen pflegte, wenn er auf dem Markt mit anderen Viehzüchtern zusammentraf.

»Folgen Sie mir!« Dachs MacMew wandte sich ab und führte den Torfstecher zur Seitengasse am Ende der Hauptstraße. Dabei wahrte er einen Abstand von etwa vierzig Metern, und er blieb auf dem Gehsteig, damit ihn niemand mit dem fremden Mann in Verbindung bringen konnte.

Zunächst geleitete er ihn zu dem Weg hinter den Häusern, an dem die Torfschuppen standen. Hier ließ sich niemand blicken, außer einer Katze, die auf einem Schuppendach hockte und kein Interesse an den Ereignissen zeigte.

Als Dachs MacMew seine Schritte verlangsamte, holte der Karren ihn ein. »Das ist der Schuppen«, verkündete er und wies auf Mary Agge Lehones wackeligen Verschlag. »Warten Sie, ich öffne die Tür. Dann können Sie reinfahren.«

Bald war der Wagen leer, und der Torfstecher fuhr heimwärts, auf einer anderen Route, die ihm Dachs MacMew beschrieben hatte. Auf dieser Strecke gelangte er zu einem kaum benutzten Seitenweg, der ihn am Dorf vorbei und zur Hauptstraße führte.

Am späteren Abend gab er das Geld aus, das er an diesem Tag erworben hatte, ging mit seiner Familie einkaufen, und alle freuten sich auf ein schönes Weihnachtsfest.

Sobald der Torfstecher verschwunden war, eilte Dachs MacMew zu Mary Agge und wurde mit einem strahlenden Lächeln empfangen. Sie standen sich gegenüber, und vorerst waren Worte überflüssig.

Nach einer Weile sagte Dachs MacMew: »In Ihrem Schuppen finden Sie ein kleines Weihnachtsgeschenk. Hoffentlich wird es Ihnen die Wärme und Zufriedenheit bescheren, die Sie in so reichem Maße verdienen.«

Höflich verabschiedete er sich und ging erst wieder am Heiligen Abend die Straße entlang. In der Dämmerung wanderte er an Mary Agges Tür vorbei und glaubte, eine Taube gurren zu hören. Aber nein, es war Mary Agge, die seinen Namen rief, ganz sanft und kaum vernehmlich, obwohl tiefe Stille über der Straße lag. Er trat ein, und sie schloß die Tür hinter ihm.

Dann führte sie ihn in die kleine Küche, wo der Herd angenehme Wärme verbreitete. »Trinken Sie ein Glas Whisky mit mir!« bat sie ihn, und er war nur allzu gern damit einverstanden. Sie lud ihn für den nächsten Tag zum Weihnachtsessen ein, und Danny Sagru und sein verschwundener Torf wurden mit keinem Wort erwähnt.

Da Danny zur Eitelkeit neigte, gestand er nicht ein, wie raffiniert er hereingelegt worden war. Und er erfuhr auch niemals, daß Dachs MacMew seinen Torf entwendet und Mary Agge Lehone ihn verbrannt hatte.

In Zukunft feierten Dachs MacMew und Mary Agge noch viele Weihnachtsfeste – nicht als Freunde oder Liebespaar, sondern als Mann und Frau, und man kann sich die sorgenvolle Frage ersparen, ob sie ein glückliches Leben führten. Denn genau das taten sie.

Die Frau, die Weihnachten haßte

Polly Baun haßte Weihnachten nicht so sehr, wie einige ihrer unfreundlichen Nachbarn den Leuten einreden wollten. Einmal wurde sie von einem Trunkenbold beschuldigt, sie sei bestrebt, Weihnachten abzuschaffen. Als sie die Kirche verließ, lehnte der Zecher an der Außenmauer, zelebrierte seine eigene Messe, indem er die Predigt kritisierte, und stieß Polly in den Rücken. Sie fiel auf die Nase und konnte sich eine Woche lang nicht rühren. Da ihr Mann ziemlich jähzornig war, erzählte sie ihm, sie sei auf einer Bananenschale ausgerutscht. Aber in der Taverne, die er zu besuchen pflegte, erfuhr er von einem anderen Säufer, man habe Polly umgestoßen. Mit dieser Aussage konfrontiert, gestand sie widerwillig die Wahrheit.

»Du wirst doch keine Dummheiten machen?« flehte sie ihren Mann an.

»Nein, ich mach keine Dummheiten«, versprach Shaun Baun. »Aber du mußt zugeben, daß man die überschüssigen Kräfte dieses Kerls in eine andere Richtung lenken sollte. Ich meine, er kann doch nicht herumlaufen und

Frauen zu Boden werfen, nur weil er nicht ihrer Meinung ist. Und ich denke«, fuhr er in – wie er glaubte – vernünftigem Ton fort, »so was darf nicht geduldet werden, sonst sind unsere Frauen in höchster Gefahr.«

»Davor habe ich keine Angst«, versicherte sie.

»Wie auch immer – wir müssen die Frauen beschützen.«

Polly Baun fand, es wäre an der Zeit, das Gespräch zu beenden. Erstens führte es zu nichts, und zweitens fürchtete sie, etwas zu sagen, das ihren Mann erzürnen würde. Er verlor sehr leicht die Beherrschung, aber meistens beruhigte er sich schon nach wenigen Minuten.

Als Weihnachten vor der Tür stand, legte die Hauptstraße ihr Alltagskleid ab und begann sich zu schmücken. Um eines ihrer wenigen Zugeständnisse an das Fest zu machen, kaufte Polly eine Gans.

Es war ein junger Vogel – klein, aber fett, und – am allerwichtigsten – er stammte von einem erstklassigen Züchter. Für das Ehepaar würde die Fleischmenge reichen. Die beiden hatten keine Kinder, erwarteten keine Gäste, und die sparsame Polly hoffte, sie könnten am St.-Stephans-Tag den restlichen Braten essen. Eigentlich mußte sie gar nicht sparen. Das Hutgeschäft, hinter dem sie wohnten, ging recht gut. Trotzdem diente die winzige Küche auch als Speise- und Wohnzimmer. Die Einkünfte der Bauns würden einen Anbau gestatten, aber Polly gab sich mit dem zufrieden, was sie besaß. Nach ihrer Meinung gehörte es zu den schlimmsten Problemen der Welt, daß die Leute nicht wußten, wie gut sie's hatten.

»Die sollten den ganzen Tag auf den Knien liegen und

ihrem Schöpfer danken«, bemerkte sie, wenn ihr Mann von unzufriedenen Zeitgenossen berichtete, die unentwegt jammerten.

Eine Woche vor Weihnachten, an einem regnerischen Abend, lauerte Shaun Baun dem Angreifer seiner Frau auf. Der Schurke war es gewohnt, einen Rundgang durch die Stadt zu unternehmen, ehe er sich in der Kneipe niederließ. Und Shaun wollte später keinen Vorteil aus der Trunkenheit des Kerls ziehen. Außerdem mußte er nüchtern sein, um zu begreifen, was er verbrochen hatte.

»Hallo, Sir!« sprach Shaun Baun sein Opfer in einer stillen Nebenstraße an. »Sie sind kein Gentleman, ja überhaupt kein Mann. Wie konnten Sie meine Frau niederschlagen! Und Sie haben ihr nicht einmal auf die Beine geholfen.«

»Weil ich betrunken war«, lautete die Antwort.

»Das ist keine Rechtfertigung für Ihr Verhalten.«

Nun schwang kalte Angst in der Stimme des Säufers mit. »Man hat mir erzählt, daß sie Weihnachten haßt.«

»Auch das ist keine Rechtfertigung«, beharrte Shaun Baun, hob die Fäuste, und der Trunkenbold wich zurück. »Ehe ich Sie zusammenschlage«, verkündete der entrüstete Ehemann grimmig, »fühle ich mich verpflichtet, Ihren Irrtum zu korrigieren. Meine Frau haßt Weihnachten keineswegs, es widerstrebt ihr nur, das Fest zu feiern. Und das ist ein gewaltiger Unterschied.«

Nach diesen Worten täuschte er eine Attacke vor, schnaufte, tänzelte umher, und schließlich brach seine Faust die Nase des Säufers, der mit einem Schmerzensschrei zu Boden sank. Sofort streckte Shaun Baun eine hilfreiche Hand aus, zog ihn auf die Beine und erklärte, jetzt sei die Sache erledigt, da er in ausreichender Form Vergeltung geübt habe. »Aber wenn Sie meine Frau noch einmal anschauen«, fügte er hinzu und richtete sich zu seiner vollen Größe von eins siebenundfünfzig auf, »breche ich Ihnen beide Beine.«

Eifrig nickte der Alkoholiker und beteuerte, er werde die Warnung beherzigen. Im Laufe der Zeit würde er zwar andere Frauen einschüchtern, aber Polly Baun nie mehr zu nahe treten.

Von diesem Zwischenfall erfuhr sie nichts, denn Shaun hielt es für klüger, den Mund zu halten. Sicher hätte sie sein Vorgehen mißbilligt. Und so bemühte sie sich auch diesmal, Weihnachten zu sabotieren, und trug alle Stühle aus der Küche in den Hinterhof, wo sie bis nach dem Fest bleiben sollten. Wenn sich die ungebetenen Weihnachtsgäste nicht setzen konnten, würden sie bald wieder verschwinden.

Einen Tag vor dem Heiligen Abend ging es im Hutgeschäft sehr lebhaft zu. Viele Kunden wollten Pollys Meinung hören, ehe sie sich zum Kauf entschlossen, was einen kurzen Besuch in der Küche erforderte. An diesem Brauch hielt man schon seit Jahren fest. Vor allem die Landbevölkerung und eingefleischte Junggesellen ließen sich gern von Polly inspizieren, die neuen Hüte auf den Köpfen. Sobald sie nickte, kehrten sie in den Laden zurück und gaben Shaun Baun das Geld für die Ware. Manchmal mißfiel seiner Frau die Farbe oder Form eines Huts. Oder sie schüttelte den Kopf, wenn die Größe eines Huts, die Krempe oder Krone nicht zum Träger paßten.

Shaun Bauns Geschäft florierte, weil die Kunden zufrieden waren. Wenn schüchterne, zurückhaltende oder unentschlossene Leute den Laden verließen, mußten sie niemals befürchten, daß man ihre Kopfbedeckung verspotten würde.

Während die Zeit verstrich und die Ehe kinderlos blieb, begann man zu munkeln, Polly Baun würde Weihnachten hassen. Das sagte ihr niemand ins Gesicht und ihrem Mann auch nicht. Und man muß der Gemeinde zugute halten, daß sie Pollys Anschauungen tolerierte. Was Weihnachten betraf, waren die Leute an seltsame Gepflogenheiten gewöhnt.

In einem Vorort wohnte ein Kaufmann, der jedes Jahr eine Woche vor dem Heiligen Abend aufs Land zog, wo er eine Hütte mietete. Dort blieb er bis nach dem Fest. Im Grunde hatte er nichts gegen Weihnachten einzuwenden, was er auch immer wieder betonte. Aber das ganze Drumherum erschien ihm unerträglich – die Dekorationen und die Lichter und die Postkarten und die Einkäufe und die Völlerei, um nur einige der Dinge zu nennen, die ihn störten.

Ein anderer Gentleman versperrte am Heiligen Abend seine Tür und öffnete sie erst einen Monat später. Wie gewisse Leute glaubten, hielt er einfach nur einen Winterschlaf, und wenn er nach dem genannten Zeitraum wieder auftauchte, sah er auch entsprechend aus – unrasiert, mit zerzaustem Haar, die Wangen eingefallen und leichenblaß, mit dunklen Ringen unter den Augen.

Außerdem gab es jene, die zu Weihnachten kein Glas anrührten, nur weil sich alle Mitmenschen betranken. Und manche lehnten traditionelle Weihnachtsspeisen wie Truthähne, Gänse, Plumpudding oder gewürztes Rindfleisch ab. Ein Mann verkündete, er würde lieber Eier essen, und ein anderer behauptete, das reichlich konsumierte Geflügel würde die inneren Organe auf Lebenszeit schädigen.

Deshalb brachte man Verständnis für Polly Bauns Standpunkt auf. Teilweise vermutete man, sie hätte einen stichhaltigen und geheimen Grund, um Weihnachten zu verabscheuen. Aber die meisten akzeptierten, was Shaun Baun erklärte – es widerstrebte ihr ganz einfach, das Fest zu feiern.

Hin und wieder schlichen kleine Kinder zur Küchentür, während ihre Eltern Hüte aussuchten. Die Eingeweihten zeigten auf die Silhouette der Frau, die Weihnachten haßte und hinter der bunten Glasscheibe zu sehen war. Verschwörerisch flüsterten sie den anderen zu: »Das ist die Frau, die Weihnachten haßt!«

Falls sie es hörte, reagierte sie nicht darauf. Und wenn sie in der Vorweihnachtszeit durch die Straßen ging, ignorierte sie die neugierigen Blicke der Kauflustigen, die von Freunden oder Verwandten auf die seltsame Abneigung dieser Passantin hingewiesen wurden.

Auch Shaun Baun spürte die jahreszeitlich bedingten Vibrationen, wenn er zu Weihnachten die Taverne in seiner Nachbarschaft besuchte. Viel trank er nicht, nur ein paar Gläser Malzbier mit einem Kumpel. Niemals Whisky. Früher war er ein passionierter Whiskytrinker gewesen. Doch er hatte dieses Laster eines Tages aufgegeben und nie wieder damit angefangen. Warum, wußte niemand – nicht einmal seine engsten Freunde. Dafür fand man keine Erklärung. Eines Nachts war er heimgekommen, bis zum Kragen mit Whisky angefüllt, und am nächsten Abend hatte er keinen Tropfen mehr angerührt. Natürlich wurden Spekulationen angestellt. Aber die Wahrheit blieb verborgen, und seine Freunde, die sein reizbares Temperament kannten, schnitten das Thema nicht an.

Und sie sprachen niemals über die Abneigung seiner Frau gegen Weihnachten, höchstens hinter seinem Rükken. Wie die meisten Gemeindemitglieder maßen sie der Sache keine große Bedeutung bei. Selbstverständlich gab es einen Grund dafür. Den mußte es geben, wenn man von der Voraussetzung ausging, daß es für alles Gründe gab.

Am Heiligen Abend wurde in der Taverne fröhlich gefeiert. Einer von Shaun Bauns Kumpanen verzichtete ebenfalls auf Whisky, weil ihm sein Doktor dazu geraten hatte. Irrtümlicherweise glaubte er, auch Shauns Abstinenz hinge mit einem ärztlichen Verbot zusammen.

Shaun teilte ihm höflich, aber entschieden mit, damit habe seine Enthaltsamkeit nichts tun und es sei ein rein persönlicher Entschluß gewesen, keinen Whisky mehr zu trinken. Nun war ihm der Abend verdorben worden. Statt die Gelegenheit zu nutzen und seine wahren Gefühle zu verraten, machte er sich wenig später aus dem Staub und wanderte zum Stadtrand. Dann kehrte er um und ging schnellen Schrittes nach Hause. Ein nichtsahnender Beobachter hätte vermutet, ein gestreßter Geschäftsmann würde in der frischen Nachtluft Erholung suchen. In Wirklichkeit war seine Seele nach jenem kurzen Gespräch in Aufruhr geraten. Niemand wußte besser als Shaun selbst, warum er den Whisky aufgegeben hatte – abgesehen von seiner Frau.

Während er dahineilte, ballte er immer wieder die Hände und verfluchte den Augenblick, in dem der erste Whiskytropfen durch seine Kehle geronnen war. Bald danach hatte er Polly geschlagen. Er entsann sich, warum, blieb stehen, warf die Arme hoch und schluchzte, so wie jedesmal, wenn die schreckliche Erinnerung zurückkehrte.

An jenem schicksalhaften Tag hatte er seit dem frühen Nachmittag getrunken. Sobald er einen Hut verkauft hatte, wanderte er über die Straße zur Kneipe, den Kunden im Schlepptau. Nie zuvor hatte er innerhalb weniger Stunden so viel Alkohol getrunken.

Als er den Laden zusperrte, verkündete er, nun würde er in die Taverne gehen, obwohl seine Frau protestierte. Liebevoll bat sie ihn, erst einmal zu essen, keinen Whisky mehr zu trinken, sondern Malzbier. Er küßte sie und versprach ihr, den Wunsch zu erfüllen. Dann rannte er davon und schüttete noch mehr Whisky in sich hinein.

Später versuchte er sein Gewissen zu beruhigen, indem er sich einredete, er sei jung und ungestüm gewesen. Aber daß er in jenem grausigen Augenblick die Faust gegen Polly erhoben hatte, war unverzeihlich, und die Schuldgefühle würden ihn bis an sein Lebensende verfolgen.

Ein Fußgänger kam ihm entgegen und wechselte beim Anblick der wild gestikulierenden, schreienden Gestalt hastig die Straßenseite. Ohne ihn zu bemerken, lief Shaun Baun weiter und suchte die Erinnerung an den schlimmsten Moment seines Lebens zu verdrängen. Doch die Ereignisse erschienen vor seinem geistigen Auge, als wären sie erst gestern geschehen.

Zusammen mit einigen Kumpanen hatte er die Kneipe verlassen und ein anderes Etablissement aufgesucht, das die ganze Nacht geöffnet hatte. Dort tranken sie weiter. Um sieben Uhr morgens kam Shaun nach Hause und suchte vergeblich seinen Schlüssel. Sämtliche Taschen krempelte er um, ohne Erfolg. Notgedrungen tat er, was alle Männer in seiner Lage tun, wenn der erste Hausschlüssel verschwunden ist – er klopfte leise an eine Fensterscheibe. Das nütze ihm nichts, und er holte eine Münze hervor, um damit ans Glas zu trommeln. Schließlich hämmerte er mit beiden Fäusten gegen die Tür.

Da wurde er endlich von seiner Frau, die einen Schlafrock und Pantoffeln trug, ins Haus gelassen. Sie schloß die Tür hinter ihm, und es bereitete ihr keine Mühe, seiner whiskyseligen Umarmung auszuweichen. Leichtfüßig eilte sie an ihm vorbei durch den Laden und erwartete ihn in der Küche, die Arme vor der Brust verschränkt.

Eine klügere Frau hätte ihn die Treppe hinaufgeführt, ins Bett verfrachtet und die Gardinenpredigt auf einen günstigeren Zeitpunkt verschoben. Aber am Anfang ihrer Ehe wußte sie noch nicht, daß es sinnlos ist, einen betrunkenen Ehemann auszuschelten.

Zunächst erkundigte sie sich, ob ihm bewußt sei, in welchem Zustand er sich befinde – eine völlig überflüssige Frage, der noch andere folgten. Wie spät war es? Hatte er vergessen, daß er sie in wenigen Stunden zum Gottesdienst begleiten mußte? Schweigend stand er da, mit gesenktem Kopf und hängenden Armen, unfähig, zu antworten. Und er kannte nur einen einzigen Gedanken – er wollte ins Bett. Sogar auf den Boden hätte er sich gelegt. Aber sie zeterte in einem fort. In allen Einzelheiten zählte sie auf, was er ihr in der dreijährigen Ehe angetan hatte – die Sauftouren, sein gräßlicher Kater nach durchzechten Nächten, seine unflätige Ausdrucksweise und – am allerschlimmsten – das Spektakel, das er den Nachbarn bot.

Nichts Besonderes, wird der geneigte Leser nun sicher meinen. So etwas passiert oft genug in den sogenannten zivilisierten Ländern dieser Welt. Aber gestatten Sie mir den Hinweis, daß es nicht am Inhalt von Pollys Vorwürfen lag, sondern an der Quantität. Sie hörte einfach nicht zu schimpfen auf. Und es wäre wohl besser gewesen, sie hätte ihrem Zorn in den drei vergangenen Ehejahren schrittweise Luft gemacht, statt ihn für einen einzigen endlosen Gefühlsausbruch zu horten.

Später würde Shaun Baun seinem Gewissen einreden, er hätte es nur getan, um sich vor dem Geschrei zu schützen. Hätte sie zwischendurch geschwiegen, wäre er geduldiger gewesen. Aber sie kreischte pausenlos. Zusammengesunken lehnte er an der Wand. Wenn er einnickte, brüllte sie ins nächstbeste Ohr, und er war sofort wieder hellwach – allerdings nicht nüchtern. Ihre Stimme schwoll zu den höchsten Tönen an, und bald staunte sie selbst über die Lautstärke ihrer eigenen Schimpftirade.

Hätte sie sich einfach so benommen wie die Nachbarinnen, die ebenfalls mit trunksüchtigen Ehemännern konfrontiert wurden, wäre sie besser dran gewesen. Dann hätte es am Weihnachtsmorgen keine Vergeltungsmaßnahmen gegeben. Aber nein, das war nicht ihre Art. Dummerweise hielt sie das Monstrum, das schwankend vor ihr stand, für einzigartig und glaubte, eine drastische, unvergeßliche Strafpredigt wäre seine einzige Rettung.

Wann immer er versuchte, aus ihrer Hörweite zu fliehen, packte sie ihn energisch an den Schultern. Trotz seiner Trunkenheit und Schwäche gelangte er irgendwie auf die andere Seite des Küchentisches. Eine Zeitlang spielten sie Katz und Maus. Doch dann wurde er müde, und Polly erreichte den Höhepunkt ihres Wortschwalls. Die schrille Intensität trübte Shauns Denkvermögen. Daß er seine Frau geschlagen hatte, merkte er erst, als sie am Boden lag.

Danach redete er sich ein, er habe sie nur beiseite schieben wollen, um die Treppe hinaufzufliehen und im Gästezimmer Trost zu suchen. Schwerfällig stürzte sie, Blut quoll aus einer Platzwunde über dem Wangenknochen. Shaun wollte ihr helfen, doch er verlor das Gleichgewicht, sank auf sie hinab und bedauerte sich selbst, weil er mit seiner Stirn gegen ein Bodenbrett prallte. Irgendwann kam er zu sich und sah das Morgenlicht durchs Fenster hereinströmen.

Die Uhr über dem Küchenherd bestätigte seine schlimmsten Befürchtungen. Zum erstenmal in seinem Leben hatte er den Gottesdienst versäumt. Langsam kehrten die Ereignisse der Nacht in seine Erinnerung zurück, und er hoffte vergeblich, daß alles nur ein Alptraum gewesen wäre, seine Frau jeden Augenblick eintreten und fröhlich von der heiligen Messe berichten würde. Er rappelte sich auf und wankte in den Laden.

Draußen waren die letzten Kirchgänger von der Straße verschwunden. Von einer bösen Ahnung erfaßt, stieg er die Treppe zum Schlafzimmer hinauf, das sie seit der Hochzeit so liebevoll geteilt hatten. Sie lag auf dem Bett, ein blutbeflecktes Kissen unter dem Kopf, ein Pflaster über der Platzwunde, das Gesicht gräßlich geschwollen. Verzweifelt kniete Shaun Baun nieder und schluchzte sich das Herz aus dem Leib. Aber die reglose Gestalt starrte unversöhnlich zur Zimmerdecke hinauf.

An diesem Tag gab es kein Festessen. Immer wieder schlich ein zerknirschter Ehemann ins Schlafzimmer mit Kaffee und Tee und anderen Getränken. Und sosehr er sich auch um seine Frau bemühte, sie verzieh ihm nicht.

Drei Monate verstrichen, ehe sie seine Existenz wieder zur Kenntnis nahm, und drei weitere, bevor sie mit ihm zu sprechen begann. Erst nach zwei Jahren war wieder eine gewisse Beziehung zwischen den beiden entstanden.

Dies alles hatte sich vor nunmehr fünfundzwanzig Jahren zugetragen. Während er jetzt nach Hause ging und die Hauptstraßen mied, drängte es ihn, wieder vor seiner Frau niederzuknien und sie noch einmal um Verzeihung zu bitten. Oft genug hatte er sie angefleht, das Unverzeihliche, wie er es nannte, zu vergeben. Seit jener Nacht hatte er sie nie wieder im Zorn berührt, seine Stimme erhoben oder auch nur die Stirn in ihrer Gegenwart gerunzelt.

Als er nach Hause kam, saß sie still am Feuer. Die Weihnachtsgans, gerupft und gefüllt, lag auf einer großen Platte. Am nächsten Tag sollte sie gebraten werden. Er eilte in die Küche, setzte sich zu seiner Frau und ergriff ihre Hand. Wie immer erklärte er ihr mit dieser Geste seine Liebe, und sie antwortete wie üblich, indem sie seine Hand drückte.

Sie saßen beisammen, wie schon so oft seit jener unvergeßlichen Nacht vor vielen Jahren. Daran würde sich auch nichts ändern. In heiterer Stimmung würden sie sich an die Ereignisse des Tages erinnern und entscheiden, welchen Gottesdienst sie am großen Festtag besuchen sollten. Polly würde den Sherry entgegennehmen, den er ihr stets einschenkte. Und er würde sich ein Malzbier eingießen. Frohen Mutes würden sie an den Gläsern nippen. Dann würden sie sich noch einen zweiten Drink genehmigen, eine Zeitlang schweigen und die Zweisamkeit genießen.

Wie immer würde das Schluchzen einsetzen, das aus der Tiefe seiner Brust nach oben drängte. Er würde vor ihr niederknien, den Kopf in ihrem Schoß vergraben und ihr unentwegt versichern, wie leid es ihm tue. Lächelnd würde sie nicken, sein Haar streicheln, und schließlich würde er den Kopf heben und in ihre Augen schauen und sie um Verzeihung bitten – wie in all den vergangenen Jahren.

»Natürlich verzeihe ich dir, mein Lieber«, würde sie beteuern, und er würde noch lauter schluchzen. Niemals würde sie ihn verletzen. Das brachte sie nicht übers Herz. Er war ein guter Mann, allerdings ein bißchen ungestüm, und er hatte lange genug für jenen Augenblick des Wahnsinns gebüßt. Die ganze Nacht würde sie ihn pflichtbewußt trösten und alle Ausdrucksformen seiner Sühne akzeptieren.

In solchen Situationen dachte sie stets an ihren Vater. Er hatte niemals die Stimme gegen ihre Mutter erhoben, obwohl er oft betrunken gewesen war, meistens bei Hochzeiten und Taufen. Aber dann hatte er die Mutter oder die Tochter nur umarmt und durch die Luft geschwenkt.

Polly war froh, daß sie ihrem Mann vergeben konnte. Doch es gab zweierlei Arten von Verzeihung, und das Vergessen war nicht ihre Art. Diesen Unterschied würde Shaun niemals verstehen. Wenn er sie brauchte, wollte sie immer für ihn da sein, ganz besonders zu Weihnachten.

Himmelsmelodien

Durch meine liebsten Weihnachtserinnerungen geistert ein pfeifender Milchmann. Inzwischen ist er längst in jenes milde Klima hinübergewandert, wo er mit dem himmlischen Wind um die Wette pfeift – zu Weihnachten lauter und länger und süßer als sonst.

An einem Weihnachtsmorgen vor vielen Jahren hörte ich ihn zum erstenmal. Damals war er um die Sechzig. Mit seinem krausen Haar und dem runden Gesicht sah er wie ein Dreißigjähriger aus, obwohl er doppelt so alt war. Das Alter schien spurlos an ihm vorüberzugehen.

Zweifellos war das fröhliche Pfeifen sein Jungbrunnen. Wenn die Hähne frühmorgens gekräht hatten und die letzten Raben über den Feldern davongeflogen waren, hörte man meilenweit seine erfrischenden Serenaden, während er auf dem Fahrrad seine Runden drehte.

Welch ein glücklicher Mann mußte er gewesen sein! Niemals pfiff er eine traurige Melodie. Er bevorzugte lebhafte Marschmusik. Großzügig öffnete er allen Mitmenschen sein Herz, und er verlangte nichts dafür. Für ihn waren romantische Weisen wie Speise und Trank. In den holden Klängen der Liebe, die so vielen Leuten fremd bleiben, schwang seine ganze Seele mit.

Die griesgrämigen Veteranen an der ehelichen Front drehten sich in ihren Betten zur Seite, um rauschende amouröse Feste zu feiern, nur weil er sie dazu inspirierte. Keine Nachtigall tirilierte süßer als er, keine Lerche erforschte jemals so gründlich die Tiefen gefühlvoller Lieder. Und der frühe Morgen, von verblassenden Sternen angekündigt, untermalte seine erlesene Kunst.

Und so rettete er mehrere Ehen, die ohne seine Hilfe gescheitert wären. Manchmal gewann man den Eindruck, eine himmlische Macht hätte ihn zur Erde geschickt, mit dem Auftrag, unglückliche Herzen zu ermutigen. Sogar seine leisen, beiläufigen Pfiffe konnten Depressionen verscheuchen und den menschlichen Geist in luftige Höhen erheben.

Sicher entstammten die Pfeiftöne des einstigen Milchmanns dem Himmel, wenn es auch seine gespitzten, vibrierenden Lippen waren, die jene bezaubernde Klangfülle erzeugten. Alle, die sich zufällig in Hörweite befanden, lauschten entzückt. Und kein Kind lief die Straße entlang, das nicht versuchte, den lieben, inzwischen verblichenen Milchmann nachzuahmen.

Wie ich mich entsinne, fiel er an einem eiskalten Morgen kurz vor Weihnachten von seinem wackeligen Fahrrad, verschüttete den Inhalt beider Kannen und brach sich zwei Schneidezähne aus. Die aufgesprungenen Lippen des armen Mannes bluteten. In seinen Augen schimmerten Tränen, als er die frische Milch unaufhaltsam durch das Gitter eines Kanaldeckels fließen sah.

Aber dann verwandelte er das Mißgeschick blitzschnell in einen Triumph.

Er erhob sich auf sein rechtes Knie, legte die linke Hand über seine Brust und kräuselte die wunden Lippen, ohne seine qualvollen Schmerzen zu beachten. Die rechte Hand einem imaginären Publikum entgegenstreckt, bot er die beste Leistung seines Lebens. Bevor er verstummte, hatten die seit langem darbenden Lippen der Ehepaare in jener einst so trostlosen Straße zueinandergefunden, liebevoll und betörend. Niemals sollten die Lauscher in den stillen Häusern dieses Erlebnis vergessen. Manche hätten sich nicht träumen lassen, jemals so schwindelerregende Ekstasen zu erreichen. Und viele hatten jahrelang, während zahlreicher Weihnachtsfeste, auf ein solches Glück gewartet.

Wenn die Welt und ihre Bewohner nur lange genug warten könnten – dann würde jeder irgendwann von irgend jemandem geküßt und von irgend jemandem geliebt werden.

Diese kleine Geschichte ist nur eine inoffizielle Huldigung an Weihnachten, und sie wurde zum Gedenken an einen vergessenen Milchmann niedergeschrieben, der das Leben an einem längst vergangenen Weihnachtsmorgen harmonischer gestaltete – für alle seine Zuhörer.

Der gute Mensch von der Straßenecke

Dies ist die Geschichte des guten Menschen von der Straßenecke und – wie die meisten Geschichten – die reine Wahrheit. Manchen Lesern mag sie unglaubwürdig erscheinen, aber solche Behauptungen kann ich mit dem Argument entkräften, daß die meisten wahren Geschichten irreal wirken. Aber genug der einleitenden Worte, fahren wir ohne Umschweife fort.

Am 20. Dezember 1971 hob Madgie Crane einen Teil ihrer Ersparnisse von ihrem Bankkonto ab – eine beträchtliche Summe, immerhin zweihundert Pfund. Aber, wie sie sich wohl gesagt haben mochte, sie hatte vielen Verpflichtungen nachzukommen. Da waren Söhne, Töchter, Enkel und andere Verwandte, Freunde und Nachbarn. Ihr Ehemann war schon vor einigen Jahren gestorben, und mit der Zeit hatte sie ihren Kummer überwunden.

Als sie um die Straßenecke bog, hinter der das Postamt lag, stieß sie mit einer Frau zusammen, die ihr entgegenkam. Madgie Cranes Börse flog aus der Einkaufstüte, in der sie sorgsam verstaut worden war, zwischen einem Kohlkopf und einem halben Pfund gebratener Speckschnitten. Zufällig landete sie vor den Füßen eines Mannes, und dieser ehrenwerte Bursche klemmte sie zwischen seine erwartungsvollen Schuhe, wo sie dem suchenden Auge verborgen blieben.

Die Minuten verstrichen, und der Mann an der Straßenecke rührte sich nicht. Von Zeit zu Zeit schaute er dorthin, aber das hätte er vermutlich auch getan, wenn keine Börse zwischen seinen Schuhen versteckt gewesen wäre. Aber er hätte sich wohl kaum gebückt, um seine Schnürsenkel zu verknoten. Denn in all den Jahren, wo ich das Verhalten der Männer an Straßenecken studierte, sah ich keinen, der sich jemals die Schuhe zugebunden hätte.

Während er vorgab, seine Schnürsenkel ineinanderzuschlingen, öffnete er hastig die Börse, und seine schläfrigen Augen spähten hinein. Zweihundert Pfund und kein Penny weniger! Geschickt schob er die Börse in den weiten Ärmel seines zerschlissenen Regenmantels und richtete sich auf. Falls ihn irgend jemand beobachtet hatte, was er bezweifelte, konnten seine Aktivitäten keinen Verdacht erregen. Danach war es nur mehr eine Bagatelle, seine Hände in die Hosentaschen zu stecken, die Geldbörse immer noch im Ärmel. Letzterer wurde sanft geschüttelt, und die Börse glitt in die Tasche. Genau in diesem Augenblick sprach Madgie Crane den Mann an.

An ihren Wimpern hingen Tränen, und ihre Stimme zitterte. »Ich fürchte, Sie haben meine Börse nicht gesehen«, begann sie unsicher.

Scheinbar verwirrt, so als wäre er in einer fremden Sprache angeredet worden, gab er keine Antwort.

»Da ist fast alles drin, was ich besitze«, fügte sie hinzu.

Immer noch keine Antwort. Er putzte sich die Nase, schaute dahin und dorthin, trat von einem Fuß auf den anderen und musterte Madgie Crane ein zweites Mal. Weder ihr müdes Gesicht entging ihm noch ihr Kummer, und er sah ihre Tränen fließen, ohne eine Miene zu verziehen. Unaufhaltsam rannen sie aus den überquellenden Augen über die faltigen Wangen. Seine Hand umklammerte die Börse noch fester, und sein Blick wanderte zum Rinnstein am Gehsteigrand.

Sosehr er sich später auch den Kopf zerbrach, er würde niemals erklären können, warum er es tat. Denn in dieser Phase seines Lebens brauchte er so dringend Geld wie nie zuvor. Er brauchte es für seine verwitwete Schwester, bei der er wohnte, und er brauchte es für ihre Kinder, die er liebte, und er brauchte es, um seine Rechnungen zu bezahlen. Außerdem brauchte er's, weil er sich einen oder zwei Tage lang betrinken wollte. Das hielt er in dieser festlichen Jahreszeit für sein gutes Recht.

Nachdem er seinen Blick auf eine bestimmte Stelle am Gehsteigrand geheftet hatte, ging er hin und erweckte den Anschein, als ob er die Börse aufheben würde. Dann hielt er sie hoch und fragte Madgie Crane, ob dies der vermißte Gegenstand sei. Entzückt fing sie zu lachen an und schlug die dicken Hände zusammen. Zum erstenmal seit zwanzig Jahren stand sie auf Zehenspitzen und nahm ihr Eigentum anmutig aus den Händen des Wohltäters entgegen.

Sie öffnete ihre Börse und zählte die Banknoten. Nie zuvor war eine Kalkulation so penibel durchgeführt worden, nie zuvor hatte jemand so lange gebraucht, um so wenig Geld zu zählen. Als sie sich vergewissert hatte, daß kein einziger Schein fehlte, zählte sie alles noch einmal und schließlich, nachdem auch diese Aktion zu ihrer Zufriedenheit verlaufen war, ein drittes Mal. Während dieser Zählung ging sie zum Postamt, wo sie ihre Einkaufstüte einem hilfsbereiten Schalterbeamten anvertraut hatte.

Fassungslos blieb der Mann an der Straßenecke zurück. Er war schon oft in seinem Leben überrascht und schokkiert gewesen, aber noch nie fassungslos. Für einen Menschen in seinem Alter war das eine seltsame, entnervende Erfahrung. Von einem heftigen Schwindelgefühl überwältigt, brach er zusammen und lag auf dem Gehsteig, wo er so lange wie ein Fels gestanden hatte – ein unansehnliches Häufchen Elend.

Eine halbe Stunde später erwachte er im Flur eines nahen Gasthauses, im selben Augenblick, als eine Ambulanz am Schauplatz eintraf. Er ließ sich von niemandem helfen. Man sagte ihm, daß ein Arzt unterwegs sei. Entschieden lehnte er das Angebot des Wirts ab, der ihm vorschlug, in der warmen Schankstube auf den Doktor zu warten. Aber er nahm den Brandy an, den ihm die Wirtin statt einer Medizin reichte. Fünfundvierzig Minuten nach dem Kreislaufkollaps kehrte er zu seiner Straßenecke zurück und bezog Stellung.

Bald sprach sich die Geschichte von seiner guten Tat herum, und die ganze Gemeinde entrüstete sich, weil er keinen Finderlohn von Madgie Crane erhalten hatte. »Verständlich, daß er in Ohnmacht gefallen ist«, meinten einige Leute. Und andere erklärten, er sei mit gutem Recht umgekippt. Spontan bildete sich ein Komitee, das eine Spendenaktion organisierte. Dabei kamen elf Pfund, zwei Shilling und siebeneinhalb Penny zusammen. Der Mann wickelte das Geld in sein Taschentuch und bat einen Nachbarn, der zufällig vorbeikam, das Päckchen seiner Schwester zu bringen. Weil Weihnachten war, beantwortete er während des restlichen Tages alle Fragen der Passanten, wies Fremden den Weg zum Postamt, zu den Banken und Kirchen, geleitete manche sogar zu den Grenzen seines Bezirks und wünschte allen ein frohes Fest. Und weil Weihnachten war, führte er die Alten und Schwachen über die verkehrsreiche Straße und forderte sie auf, ihm Bescheid zu geben, wann immer sie zurückgehen wollten. Nur zu Weihnachten lassen sich die Männer, die an Straßenecken stehen, in die Aktivitäten ringsum einbeziehen.

Dann schwindelte ihm zum zweiten Mal. Diesmal wurde der Anfall von einem stechenden Schmerz in der Brust begleitet. Der Mann fiel aufs Pflaster und hauchte sofort sein Leben aus.

Als sich die Nachricht von seinem Tod verbreitete, versicherten alle, die ihn gekannt hatten, er sei ein guter Mensch gewesen. Niemals hatte er mit den Kindern geschimpft. Und in vielen Nächten war er die letzte Rettung streunender, von blutrünstigen Hunden bedrohter Katzen gewesen, die in seiner Nähe Zuflucht gefunden hatten. Seiner Straßenecke war er stets treu geblieben, und einige Leute behaupteten sogar, daß er deshalb nie geheiratet habe.

Wenn Betrunkene aufeinander losgegangen oder heimwärts gewankt waren, hatte er sich niemals eingemischt und den Armen und Neugierigen eine kostenlose Unterhaltung geboten – im Gegensatz zu manchen Wichtigtuern, die zwischen die Kontrahenten traten und der Zuschauermenge den Spaß verdarben. Nie wieder würde seine Straßenecke dieselbe sein. Und wir werden auch nie mehr seinesgleichen sehen.

Man kann mit Fug und Recht verkünden, daß er auf seinem Posten starb und der gute Mensch von der Straßenecke war.

Eine drastische Maßnahme

Kanonikus Cornelius Coodle stützte sich auf das Geländer der Ballybradawn-Brücke und beobachtete das wirbelnde, schäumende Wasser. Niemals, weder daheim noch in der Fremde, konnte er über eine Brücke gehen, ohne innezuhalten und auf das dahinfließende Wasser hinabzusehen. Er war früher Lachsfischer gewesen, und in seiner Gemeinde galt er immer noch als Köderexperte, vor allem, was die künstlichen Fliegen und Elritzen betraf, die er selbst herstellte. Nach seiner Ansicht brauchte jeder größere Fluß einen speziellen Köder.

Normalerweise fand man passende Köder in den Anglerläden. Aber weil die Konturen der heimischen Flußbette die Strömung bestimmten, glaubte der Kanonikus, jedes dieser Gewässer würde seinen eigenen Köder erfordern. Dazu kamen noch weitere Faktoren, zum Beispiel Licht und Schatten an gewissen Stellen, die von den überhängenden Zweigen der Bäume am Ufer und von der Jahreszeit beeinflußt wurden. Dies und weitere Besonderheiten – zu zahlreich, um hier aufgezählt zu werden – mußte man berücksichtigen, wenn man seine Angelausrüstung zu Beginn der Saison vorbereitete. Und die würde in zehn Tagen anfangen.

Schon seit mehreren Jahren hatte Kanonikus Coodle nicht mehr geangelt. Jetzt, wo er über achtzig Jahre zählte, fehlte ihm die Gelenkigkeit der Glieder, die ihn einst befähigt hatte, sich über hohe Zauntritte zu schwingen und sicher von Fels zu Fels zu springen – auf unwegsamem Terrain, wo ein einziger Fehltritt die ewige Ruhe oder zumindest ein paar Knochenbrüche bewirkt hätte.

Während er die dahinfließenden Wellen beobachtete, dachte er an die Lachse, die er in seiner Glanzzeit so beherzt gefangen hatte, an all die erfreulichen Mahlzeiten. Ein glückliches Lächeln erhellte sein Gesicht, wurde aber sofort von einem Stirnrunzeln verdrängt, für das er keine Erklärung fand. Beunruhigt schüttelte er den Kopf. Sein Gedächtnis ließ ihn neuerdings ebenso im Stich wie seine körperlichen Kräfte.

Warum runzelte er die Stirn? Vergeblich versuchte er sich daran zu erinnern. Eins stand jedenfalls fest – es hing mit irgendeinem Problem zusammen. Und es würde ihn verfolgen, bis ihm die Ursache des Unbehagens einfiel, sicher zu einem ungünstigen Zeitpunkt, zum Beispiel, wenn er nach dem Abendessen in seinem Arbeitszimmer saß, eine Pfeife rauchte und ein Glas Portwein genoß, das er sich zuweilen nach einer schmackhaften Mahlzeit gönnte. Dann würde die vergessene Verpflichtung oder der Handlungsbedarf wieder vor seinem geistigen Auge auftauchen – nicht weil er sich von selber dran erinnerte, sondern weil die Haushälterin oder die Kuraten oder irgendwelche Besucher die Vergangenheit heraufbeschworen.

Wann immer er sich irgend etwas vornahm, ging er schnurstracks in sein Arbeitszimmer, um sich das zu notieren. Aber das hatte er auch schon wieder vergessen, sobald der Bleistift über dem Papier schwebte. Immerhin war der Kanonikus klug und vorsichtig genug, was seine Gesundheit betraf. Als der kalte Flußwind seinen Mantel durchdrang, trat er den Heimweg an.

Jeden Abend wanderte er vor dem Dinner zur Brücke und wieder zurück. Bei diesen Exkursionen pflegte er nicht zu trödeln. Dafür sorgten sein Hunger und die Freude auf ein köstliches Essen. Dies war, abgesehen vom regelmäßigen Gottesdienst, die einzige Aktivität, an die ihn seine Haushälterin niemals erinnern mußte. Nicht zu Unrecht sagte man ihm nach, er verfüge über einen ausgezeichneten Appetit.

Im Pfarrhaus angekommen, kniete er nieder und betete. Dann läutete das beharrliche Glöckchen der Haushälterin, und nach einem angemessenen Zeitraum suchte er das Speisezimmer auf, wo sich seine zwei Kuraten bereits eingefunden hatten.

Während der exzellenten Mahlzeit drehte sich das Gespräch um weihnachtliche Pflichten. Und beim Dessert erinnerte der jüngere Kurat den Kanonikus an das Festessen im Kloster. Dort wurde er am Weihnachtstag um zwei Uhr von den Nonnen erwartet, so wie bisher in den achtzehn Jahren seiner Amtszeit.

Mutter Francesca hatte dem jungen Geistlichen aufgelauert, eine hochgewachsene Frau von beträchtlicher

Leibesfülle, der beide Kuraten und ihr geliebter Pastor großen Respekt entgegenbrachten.

»Wurde sie schon als Mutter Oberin geboren?« hatte ein Bischof einmal gewitzelt. »Diese imposante Erscheinung kann ich mir einfach nicht als Novizin vorstellen.«

Aber Mutter Francesca war nicht so schrecklich, wie sie dargestellt wurde. Sie wollte nur ihren Willen durchsetzen, und solange ihr das gelang, machte sie den Leuten, die ständigen Kontakt mit ihr pflegten, das Leben nicht allzu schwer. Nach einer Weile schob der Kanonikus seinen halbvollen Dessertteller beiseite und lehnte die Tasse Kaffee ab, die ihm der ältere Kurat anbot.

Die grausige Aussicht auf das Weihnachtsessen mit Francesca, dem er nicht entrinnen konnte, hatte ihn zu einem Entschluß bewogen. Statt das Gläschen Portwein zu genießen, das er sich normalerweise gestattete, würde er die Flasche leeren, die nach seiner bescheidenen Schätzung noch mindestens drei Gläser enthielt. Dazu fühlte er sich berechtigt, angesichts des Leids, das er infolge seiner Amtspflichten erdulden mußte.

Nach dem ausgiebigen Portweingenuß würde er sofort ins Bett sinken, da er – wie er sehr wohl wußte – unfähig wäre, woandershin zu gehen. Seine Kuraten erlaubten ihm nicht mehr, bei Dunkelheit Kranke zu besuchen, falls kein besonderer Fall vorlag, und auch dann nur in Begleitung eines der jungen Geistlichen.

Natürlich hatten die beiden seine Reaktion auf die Erinnerung an den unwillkommenen Weihnachtsbrauch bemerkt. Sie hatten ebenfalls schon mit Mutter Francesca diniert und vulkanartig rülpsen müssen, um die Blähungen und widerlichen Gase loszuwerden, die sich nach dem Genuß dieser Mahlzeiten, von der Oberin zubereitet, gefährlich stauten. Vor allem, wenn sie die Mitglieder des Klerus einlud, sparte sie nicht an üppigen Zutaten. Sie vertrat nämlich die Ansicht, daß die Geistlichkeit nahrhaftere und sättigerende Speisen benötigten und auch verdienten als die Laien, so fromm sie auch sein mochten.

Niemals mischte sich Schwester Carmelita ein, die Köchin des Klosters, wenn ihre Herrin am Herd stand. Bei den Vorbereitungen für das Weihnachtsessen war sie zwar schon oft versucht gewesen, gewisse Ratschläge zu erteilen, aber sie verzichtete dann doch darauf um des lieben Friedens willen, ebenso wie alle anderen Nonnen.

Der Weihnachtstag war warm und mild, was in dieser Gegend keineswegs normal war und die Jahreszeit Lügen strafte. Schon im Morgengrauen schwang sich Coodles Haushälterin aufs Fahrrad und besuchte ihre Schwester, die in den nahen Bergen wohnte. Nach dem Gottesdienst würden die Kuraten zu ihren Familien im Norden und Süden der Diözese aufbrechen. Der Kanonikus würde sich um die Kranken kümmern, falls welche seines Trostes bedurften, und vor Einbruch der Dunkelheit würde einer der Kuraten zurückkehren, um ihn abzulösen. Nach der Tortur im Kloster würde der alte Pastor nicht mehr imstande sein, irgend etwas zu unternehmen. Kurz vor zwei Uhr machte er sich auf den Weg zu diesem ehrwürdigen Institut, wo das Festmahl wartete, von Mutter Francesca liebevoll zubereitet.

Wann immer sie die Küche für eine kleine Weile verließ, beeilte sich Schwester Carmelita, die schlimmsten Auswüchse der Speisenfolge heimlich zu mildern. Sonst vergiftet sie uns womöglich, sagte sie sich, nicht ganz zu Unrecht.

Während der Kanonikus der Allee folgte, die zum Klostereingang führte, verlangsamten sich seine Schritte. Verzweifelt blickte er nach allen Seiten, wie eine jener verdammten Seelen, die das Schafott erklimmen. Vor seinem geistigen Auge schwirrten die Visionen früherer Weihnachtsmenüs, obwohl er sie zu verdrängen suchte. Wie könnte er jemals die monumentalen Berge vergessen, die sich auf seinem Teller auftürmten und das edle chinesische Weidenmuster des Porzellans verbargen.

Da gab es einen riesigen Berg Steckrübenbrei, der den Tagesbedarf eines kleinen Hotels gedeckt hätte. Und die Kartoffeln hätten den Hunger einer Durchschnittsfamilie mit ein oder zwei Großvätern stillen können. Dazu kamen Erbsen und Bohnen, helles Fleisch und dunkles Fleisch, die überdimensionalen Keulen des größten Truthahns, den die Oberin in weitem Umkreis gefunden hatte, und das alles lag auf ein und demselben Riesenteller, mit einer fettigen Sauce übergossen. Was aber am allerschlimmsten war – von den Kandidaten wurde erwartet, daß sie keinen einzigen Bissen übrigließen. Bei dieser Erinnerung erschauerte der Kanonikus. Mutter Francesca hielt es für eine persönliche Beleidigung, wenn ein Gast seinen Teller nicht leer aß. Und sie weigerte sich entschieden, die diversen Beilagen in Schüsselchen zu servieren, weil sie meinte, das würde zuviel Mühe machen und sei völlig überflüssig.

All ihre Schützlinge, von den jüngsten Novizinnen bis zu den ältesten Schwestern, die nicht mehr wußten, woher sie stammten, fasteten in weiser Voraussicht schon tagelang vor dem Fest. Am Weihnachtsmorgen frühstückten sie nicht, um der Herausforderung einigermaßen gewappnet zu begegnen.

Auch der Kanonikus hatte auf sein Frühstück verzichtet, damit er sich Francescas übervollem Teller gewachsen fühlte, ganz zu schweigen von dem besonders üppigen Plumpudding, der dem monströsen Hauptgericht folgte. Nach dem Pudding wurden der Weihnachtskuchen und verschiedene Biskuits aus frischgeöffneten Dosen serviert, die man samt und sonders verspeisen mußte, vorzugsweise mit sichtbarem Appetit.

Nach Kanonikus Cornelius Coodles Ansicht war der traurigste Aspekt dieser ganzen Orgie, daß es keinen Tropfen Alkohol dazu gab. Daran war allerdings nicht die ehrwürdige Mutter schuld, sondern Coodles Vorgänger, Kanonikus Montague, ebenso wie die Vorgängerin Francescas, Mutter Amabilis.

Der verstorbene Kanonikus Montague, dieser bedauernswerte Mann, hatte im Ruf gestanden, der unmäßigste Zecher in der gesamten Diözese zu sein und imstande, bei jeder Kirchenratssitzung mindestens zwei Kleriker unter den Tisch zu trinken, ohne sich selbst zu verausgaben. Von seiner Freundin Amabilis hatten die Einheimischen behauptet, sie sei eine heilige Unschuld. Das bedeutete, daß sie ein bißchen naiv war, was gewisse Dinge auf dieser Welt betraf. Großzügig kredenzte sie dem Kanonikus sein Lieblingsgift, Hooter's Heart-throb Whisky, bis es ihm – auch hier will ich die Einheimischen zitieren – zu den Ohren herauskam.

Nach dem Dinner war er unfähig, den Weg vom Kloster zum Pfarrhaus aus eigener Kraft zu bewältigen. Ehe er im erstaunlichen Alter von neunundachtzig seinen Geist aushauchte (er starb an Altersschwäche, aber mit intakter Leber), hatte er Hooter's Heart-throb in rauhen Mengen konsumiert. Am Weihnachtstag seines sechsundachtzigsten Lebensjahrs sprach er seinem Lieblingsgetränk so herzhaft zu, daß er seine priesterlichen Pflichten drei Tage lang nicht ausüben konnte.

Unweigerlich erfuhr der Bischof der Diözese von diesem Zwischenfall, und kurz nach Weihnachten stattete die Ordensoberin der guten Mutter Amabilis einen Besuch ab, genauer gesagt, am Nachmittag des Dreikönigsfestes. Sie nahm Amabilis beiseite, und von da an herrschte strenges Alkoholverbot im Kloster. Die noch vorhandenen Bestände waren ins Ortskrankenhaus gebracht worden, wo man sie in wohldosierter Mengen zu medizinischen Zwecken benutzt hatte.

Seltsamerweise grollte Coodle weder seinem ansonsten illustren Vorgänger noch der freigebigen Mutter Amabilis. Wir alle leiden in gewissem Maße unter den Sünden unserer Altvorderen. Doch das wird meistens durch die Nachwirkung ihrer guten Taten ausgeglichen.

Da sich der Kanonikus vor niemandem verantworten mußte, hatte er sich vor der Wanderung zum Kloster mit einem doppelten zwölfjährigen Whisky gestärkt. Nun stand er mit leicht geröteten Wangen, aber körperlich und seelisch gefestigt vor der Klostertür, ohne jede Hoffnung auf weitere alkoholische Genüsse.

Er wurde überaus freundlich empfangen, und abgesehen von Mutter Francesca gab es keine einzige Nonne, die das grausame Verbot nicht liebend gern aufgehoben hätte, wenn sie dazu bevollmächtigt gewesen wäre. Zweifellos besaß die Oberin die erforderliche Macht, denn der derzeitige Bischof würde sich allen ihren Wünschen fügen, da er es tunlichst vermied, ihren Zorn heraufzubeschwören.

Aber Francesca stammte von trunksüchtigen Eltern, und manche Leute glauben, es wäre besser, in der Hölle geboren zu werden. Deshalb bestand nicht die geringste Aussicht, daß sie das Alkoholverbot aufheben würde. Im Grunde fühlte sie sich nicht zur Nonne berufen, und sie hatte nur den Schleier genommen, weil sie der Außenwelt entfliehen wollte. Wie alle Flüchtlinge war sie dankbar für ihren sicheren Hafen. Eher wäre sie gestorben, als die etablierte Ordnung zu gefährden.

Während die Schwestern fröhlich in den geräumigen Speisesaal trippelten, trottete Coodle, von Mutter Francesca eskortiert, hinterher. Nach Rang und Alter geordnet, nahmen die Nonnen zu beiden Seiten der Tafel Platz, der Kanonikus am Kopfende, die Oberin ihm gegenüber.

Alle falteten ehrfürchtig die Hände und warteten, bis der Geistliche das Tischgebet sprach. Sobald er es beendet hatte, läutete das Telefon. Schweigend saßen sie da und hofften, es würde verstummen. Doch es klingelte hartnäckig weiter, bis Mutter Francesca ihre Leibesfülle langsam vom Stuhl hochstemmte.

Was für ein grandioser Rugbystürmer sie wäre, würde sie dem anderen Geschlecht angehören . . . Bei diesem Gedanken hätte der Kanonikus fast gelacht. Als sie zu dem lästigen Apparat ging, glich sie allerdings eher einem Schlachtschiff. Nun folgte eine hitzige Diskussion. Offensichtlich war die Person am anderen Ende der Leitung fest entschlossen, ihren Willen durchzusetzen.

»Kann das nicht eine halbe Stunde warten?« schrie die ehrwürdige Mutter und schien eine negative Antwort zu erhalten, denn sie runzelte erbost die Stirn. »Aber er fängt gerade zu essen an, der arme Mann!« beharrte sie auf ihrem Standpunkt. Wie ihrem Mienenspiel zu entnehmen war, kümmerte es den Anrufer oder die Anruferin nicht im mindesten, was der Kanonikus in diesem Augenblick tat. »Also gut!« kreischte sie. »Lassen wir ihn selbst entscheiden!«

Begierig lauschte Kanonikus Cornelius Coodle, oberster Vikar und ältester Priester der Diözese. Würde er der Tortur entrinnen?

»Sie werden zu einem Kranken gerufen!« verkündete Mutter Francesca so vorwurfsvoll, als wäre *es seine* Schuld. »Aber ich habe dieser Frau vorgeschlagen . . .«, angewidert zeigte sie auf die Sprechmuschel, ». . . man solle Ihnen gestatten, vorher zu essen.«

Sofort erhob sich der Kanonikus und ergriff eine große weiße Serviette. Damit betupfte er sich die Lippen, um sein Entzücken zu verbergen. »Wo werde ich gebraucht?« fragte er sanft. »Niemals dürfen wir eine arme Seele warten lassen.« Dann legte er die Serviette auf den Tisch und bekreuzigte sich, obwohl er nichts gegessen oder getrunken hatte.

»Das werden Sie nicht glauben!« Mutter Francesca wandte sich zu den Nonnen, die in stummer Belustigung zuhörten. »Von diesem armen Mann wird doch tatsächlich erwartet, daß er zu den Flanagans nach Ballybuggawn hinauffährt. Und das in seinem Alter! Mit leerem Magen!« Pflichtbewußt schüttelten alle Schwestern die Köpfe, um ihre Mißbilligung zu bekunden.

»Dann muß ich wohl mein Auto holen.« Der Kanonikus eilte bereits mit jugendlich federnden Schritten zur Tür. Vor lauter Freude strahlte er übers ganze Gesicht.

»Warten Sie! Warten Sie!« rief Mutter Francesca ihm nach. »Zwei Novizinnen werden Sie zu Ihrem Wagen begleiten, dann können Sie Ihr Weihnachtsessen mitnehmen.«

Gebieterisch erteilte sie ihre Befehle, und wenig später kehrten zwei eifrige Novizinnen aus der Küche zurück, mit einem großen Korb, der die bereits erwähnten Köstlichkeiten enthielt.

»Oh, das ist aber wirklich nicht nötig!« Abwehrend hob der Kanonikus die Hände. Er mußte sich sehr beherrschen, um sein Glück zu verhehlen. Am liebsten wäre er hochgesprungen, hätte geschrien und getanzt, während Mutter Francesca das weiße Tuch hob, das die diversen Töpfe verhüllte. Aber er heuchelte innige Dankbarkeit und versprach, das Festmahl noch am selben Abend zu genießen. Dann verließ er das Kloster, gefolgt von den beiden Novizinnen, die den Korb trugen, den sie im Kofferraum seines Autos deponieren sollten.

Frohen Mutes setzte er sich ans Steuer, um zu den Flanagans nach Ballybuggawn zu fahren. Selbst wenn der Ort auf dem höchsten Berg seiner Gemeinde läge, würde es ihn nicht stören – nicht einmal, wenn der Berg zweimal so hoch und die kurfenreiche Straße doppelt so gefährlich wäre.

Endlich frei, dachte er. Und was ihm noch wichtiger erschien – er würde einer unglücklichen Seele Trost spenden, die sich verzweifelt nach himmlischer Vergebung sehnte. Aus welchem anderen Grund sollte sie am Weihnachtstag die Dienste eines Priesters benötigen?

Bedauerlicherweise sah er sich außerstande, sein Wort zu halten und den Inhalt des Korbes zu verspeisen. Aber er wollte das Essen nicht unberührt wegwerfen. Und so hielt er auf halber Höhe des Berghangs, in der Nähe eines schmiedeeisernen Tors, das zu einem grünen Feld führte. Dort hatte sich soeben eine große Krähenschar niedergelassen. Und wer sollte eine unerwünschte Mahlzeit freudiger genießen als die Bewohner der Lüfte?

Den Korb in der Hand, betrat er das Feld und schaute nach allen Seiten, um festzustellen, ob er beobachtet wurde. Doch diese Sorge war unbegründet. Um diese Zeit saßen alle Leute beim Weihnachtsessen, oder sie hatten es bereits beendet und ruhten sich aus.

Hastig schüttete er Mutter Francescas Festmahl ins Gras, dann packte er die leeren Töpfe in den Korb und verstaute ihn im Kofferraum seines Autos.

Niemand würde je erfahren, was geschehen war. Wenn sich die Oberin erkundigte, ob das Essen gemundet habe, würde er wahrheitsgemäß erwidern, es sei großartig gewesen. Und keine einzige der Krähen, die sich mit fröhlichem Gekrächze darüber hermachten, würde ihm widersprechen.

Zufrieden stand er da, die Hände hinter dem Rücken verschränkt, und betrachtete den schneebedeckten Gipfel von Ballybuggawn. Dann schickte er ein Gebet zum Himmel und dankte dem Herrn, der diese liebenswerten, hungrigen Krähen erschaffen hatte. Sollte ihn an diesem Abend jemand fragen, welcher Tag der glücklichste seines Lebens gewesen war – die Antwort würde ihm nicht schwerfallen.

An Flanagans Tür in Ballybuggawn wurde er warmherzig begrüßt, denn Sarah und Joe, ein kinderloses Ehepaar um die Achtzig, das in einer bescheidenen Hütte wohnte, schätzten seine Demut und Frömmigkeit.

Als er die beiden bat, ihn zu dem Kranken zu führen, wechselten sie verwirrte Blicke. Und ihre Verblüffung wuchs noch, nachdem er erklärt hatte, nun wolle er ohne Zögern das Sakrament der Letzten Ölung spenden.

»Kanonikus, ich fürchte, da liegt ein Mißverständnis vor«, erwiderte Joe Flanagan. »Hier ist niemand krank.«

Ehrerbietig knickste seine Frau Sarah. »In den letzten fünfzig Jahren waren wir kein einziges Mal krank, dem Himmel sei Dank!« verkündete sie voller Stolz.

»Gibt es noch einen Flanagan in dieser Gegend?« erkundigte sich der Kanonikus höflich.

Da erklärte man ihm ebenso höflich, er stehe vor den

beiden einzigen Flanagans vom Bullybuggawn Hill, vom Fuß des Hangs bis zum Gipfel.

»Lebt sonst jemand in dieser Gegend, der den Beistand eines Priesters braucht?«

Nein. Niemand in der Nachbarschaft war krank, Gott sei Dank. Aber vielleicht wohnten irgendwelche Flanagans in einem anderen Teil der Gemeinde? Nein.

»O Gott, o Gott!« Kanonikus Coodle spähte durch das kleine Küchenfenster und sah die ersten Sterne über dem schneebedeckten Gipfel funkeln.

»Bis zur Stadt haben Sie's ziemlich weit, Kanonikus«, erinnerte Joe Flanagan seinen Gemeindepriester.

»Und es ist so kalt«, fügte Sarah Flanagan hinzu und knickste wieder.

»Möchten Sie was trinken?« schlug Joe Flanagan respektvoll vor. »Eine heiße Tasse Tee? Der würde Sie angenehm erwärmen, Kanonikus.«

»Und wir haben auch Portwein«, warf Sarah ein, »Sandeman's Five Star, oder hätten Sie lieber einen Brandy?«

»Portwein.« Der Kanonikus schlüpfte aus seinem Mantel und setzte sich in den Sessel, den Joe zum Feuer gerückt hatte. »Für ein Gläschen Portwein wäre ich Ihnen wirklich sehr dankbar.«

Eine Stunde später hatte er ein großes Glas Portwein getrunken und zwei gekochte Eier mit hausgebackenem dunklem Brot gegessen. Das Trio kniete nieder und betete den Rosenkranz. Danach dankte der Kanonikus seinen Gastgebern von ganzem Herzen und versicherte ihnen, noch nie in seinem Leben habe er so schmackhafte Eier und so nahrhaftes Brot verspeist.

Im Laufe der Mahlzeit hatten sie entschieden, der Priester müsse das Opfer eines boshaften Scherzes geworden sein. Falls das zutraf, konnte Kanonikus Coodle dem Witzbold nichts verübeln. Widerstrebend verabschiedete er sich und versprach, die Flanagans wieder zu besuchen, sobald der Schnee geschmolzen sei und die Tage länger würden.

Am Abend saß er mit den beiden Kuraten und der Haushälterin im Wohnzimmer des Pfarrhauses. Während er an seinem Portwein nippte, schilderte er die Ereignisse des Tages, ohne Mutter Francescas Korb und die entzückten Krähen zu erwähnen. Um so ausführlicher beschrieb er das schlichte, aber unvergleichliche Mahl, das ihm die Flanagans so großherzig serviert hatten.

»Nichts in der ganzen Schöpfung schmeckt so gut wie ein kostenloses, frischgelegtes Ei«, verkündete die Haushälterin feierlich, worauf die Zuhörer ihre Gläser erhoben, um ihr beizupflichten. »Und die Krone der Schöpfung«, fuhr sie fort und ordnete ihr Strickzeug im Schoß, »ist natürlich frischgebackenes Hausbrot. Sarah Flanagan backt seit Jahren das beste Brot weit und breit.«

Wieder prosteten ihr die Geistlichen zu, aber diesmal, ohne zu trinken.

»Wenn man dieses Brot mit hausgemachter Butter bestreicht«, fügte sie hinzu und ließ die Nadeln klappern, »dann ist dieses Festmahl eines Gemeindepfarrers würdig.«

Nun lachten sie alle – und keiner lauter als der Kanonikus, und die Haushälterin lächelte zufrieden vor sich hin. Im Haus ihrer Schwester hatte sie das Kloster angerufen, mit einem ausgeprägten Ulster-Akzent, um ihre Identität zu verheimlichen. Niemand würde ihr auf die Schliche kommen. Daran zweifelte sie nicht. Und sie verspürte auch keine Gewissensbisse. Immerhin war es die wichtigste Aufgabe ihres Lebens, den Kanonikus vor anspruchsvollen Bischöfen, rebellischen Kuraten, zornigen Klosterfrauen und allen anderen Leuten zu schützen, die sein Wohlbefinden stören wollten.

Außerhalb der kirchlichen Welt hatten die hochgestellten Persönlichkeiten Ehefrauen und Sekretärinnen, die sie umsorgten und vor unliebsamen Zwischenfällen bewahrten. Hingegen war Kanonikus Coodle, auf der Schwelle der Gebrechlichkeit, eine leichte Beute für autoritäre Typen. Jahrelang hatte die Haushälterin beobachtet, wie sehr er unter Mutter Francescas Fuchtel litt. Diese eigensinnige Xanthippe konnte nicht einmal ein Würstchen richtig braten. Und sie hatte schon mehr Speckscheiben verkohlt als alle Frauen dieser Gemeinde zusammen.

In den letzten Wochen hatte die Haushälterin an ihrem Dienstherrn gewisse Anzeichen körperlicher Schwäche bemerkt, vor allem in der Vorweihnachtszeit, wo er dem klösterlichen Festmahl mit wachsendem Grauen entgegenblickte. Deshalb hatte sie schon vor dem Besuch bei ihrer Schwester einen unwiderruflichen Entschluß gefaßt.

Außer ihr schien niemand zu bemerken, wie unbehaglich sich der Kanonikus fühlte. Und so entschied sie sich für eine drastische Maßnahme. Sie kannte Joe und Sarah

Flanagan gut genug, um zu wissen, wie sehr die beiden den Kanonikus schätzten, wie gern sie ihn bewirten würden. Nun war sie stolz auf ihre Tat. Sie hatte ihrem Herrn und Meister ein höchst unerfreuliches Festmahl erspart. Und nachdem ihr das gelungen war, sollte er nie wieder Francescas mörderische Menüs ertragen. Dafür wollte die Haushälterin sorgen. Auf diese Weise würde sie sein Leben nicht nur verlängern, sondern auch verschönern.

Die Frau, die vor sich selber davonlief

Was Weihnachten betraf, hatte Jenny Collins ihre eigene Philosophie. Dieses Fest teilte sie mit Freunden und Nachbarn, so wie alles andere, was sie besaß.

»Weihnachten«, sagte sie, »gleicht einem Ei. Wenn man's nicht vor dem Verfalldatum genießt, verfault's.« Leider nahm sie ihre eigenen Worte viel zu ernst. Zum Beispiel verschickte sie schon Mitte Oktober die ersten Weihnachtskarten. Das wäre noch akzeptabel gewesen, wenn die Adressaten an so fernen Orten wie Tristan da Cunha oder Faizabad gelebt hätten. Aber fast immer war das Gegenteil der Fall. Die meisten Karten trafen bei Freunden oder Nachbarn ein, die in der Nähe wohnten. Und die paar Bekannten in Dublin oder Cork erhielten die Weihnachtsgrüße ein bis zwei Tage später.

»Jenny«, bemerkte ihr Vater, nachdem sie ihm um elf Uhr morgens das Weihnachtsdinner serviert hatte, »du läufst vor dir selber davon.«

In jenem Teil der Welt glaubte man damals, die Leute, die vor sich selber davonliefen, würden sich nur selten einholen. Jennys achtzigjähriger Vater erklärte seinen Freunden, diese Marotte habe sie von ihrer Großmutter geerbt, die ihr Leben lang um zehn nach elf zum Zwölf-Uhr-Gottesdienst aufgebrochen war, obwohl die Kirche nur hundert Meter von ihrem Haus entfernt gestanden hatte.

Nach einem Besuch des Hausarztes verstarb die alte Lady, und er schüttelte verwundert den Kopf, als man ihn eine Stunde später bat, den Totenschein auszustellen. Er hatte prophezeit, sie würde noch vierzehn Tage leben. Aber charakteristischerweise war sie zwei Wochen zu früh ins Jenseits hinübergegangen.

Ihre Enkelin Jenny hatte sich niemals verspätet in der Schule eingefunden, ebensowenig ihre drei Kinder, zwei Mädchen und ein Junge. Wann immer ein Preis für regelmäßigen Schulbesuch vergeben wurde, gewannen sie ihn. An jedem Sonntag saßen sie mit ihren Eltern in der vordersten Kirchenbank, eine halbe Stunde bevor der Priester mit seinem Gefolge vor dem Altar erschien. Gewisse Leute, die niemals pünktlich waren, schüttelten verständnislos die Köpfe. Aber Kanonikus Coodle, der Gemeindepfarrer, teilte seiner Haushälterin mit, Jenny und ihre Sprößlinge würden sich vorbildlich verhalten.

»Zweifellos ist es eine edle, empfehlenswerte Gepflogenheit, schon vor Beginn der Heiligen Messe in die Kirche zu gehen und zu beten«, verkündete er salbungsvoll, »insbesondere für die Toten, damit ihnen alle Sünden vergeben werden.«

Tom, Jennys wortkarger Ehemann, betrachtete alle Anordnungen seiner Frau als unumstößliche Gesetze, und er war ihr treu ergeben. Da er nur selten sprach und ihr noch seltener widersprach, konnte sie tun, was ihr beliebte, ohne sich vorher mit ihm zu beraten. Nicht, daß sie sich jemals ungehörig benahm . . .

Aber die älteren, klügeren Nachbarinnen meinten, Tom Collins müsse die Aktivitäten seiner Gattin etwas strenger kontrollieren. Einer Ehefrau, vor allem einer so jungen, dürfe man nicht die Zügel schießen lassen. Wie auch immer, die beiden stritten niemals, und die Kinder wuchsen gesund und glücklich heran.

Jennys Vater, der seit dem Tod seiner Frau bei ihnen lebte, wurde gut versorgt. Gelegentlich warnte er seine Tochter vor den Gefahren der Vermessenheit – ganz zu schweigen von den schrecklichen Konsequenzen, die einem drohten, wenn man vor sich selbst davonlief.

Wenn das Weihnachtsfest näherrückte, erteilte er ihr diese unheilvollen Lektionen Tag für Tag. Aber er war zu alt und zu gebrechlich, um zu erkennen, daß Jenny ihre Weihnachtsvorbereitungen längst getroffen hatte. Schon vor dem letzten Neujahrstag war sie in alle Läden weit und breit gegangen, um beim Schlußverkauf passende, möglichst billige Geschenke für Verwandte und Freunde zu suchen, die ihr nicht so nahe standen. Von diesem Kaufrausch erholte sie sich bis zum St.-Patricks-Tag am 17. März, wo sie den ersten Weihnachtsstreß verspürte.

Nun wurde ein Sonntagsausflug geplant, damit sie zwei Truthähne bestellen konnte, einen für den Weihnachtstag und einen fürs Dreikönigsfest oder die Weiberweihnacht, wie jener Feiertag hierzulande genannt wird.

Zwischen der letzten März- und der ersten Aprilwoche wanderte die ganze Familie aufs Land, sobald das Mittagessen verspeist und das Geschirr gespült war. Diese besondere Exkursion fiel stets auf einen Sonntag. Und so besuchten die Collins an jedem fünften Sonntag der Fastenzeit denselben Bauernhof, um zwei Truthähne zu ordern, alle fünf wind- und wetterfest gekleidet. Vor dem Aufbruch hatte Jenny für die Bedürfnisse ihres Vaters gesorgt. Als er über ihre Pläne informiert wurde, protestierte er und meinte, dafür sei noch reichlich Zeit, da man erst in gut acht Monaten Weihnachten feiern würde.

»Wie soll ich wissen, ob's dann genug Truthähne geben wird?« argumentierte sie und erwärmte sich für ihr Thema. »Irgendeine Krankheit könnte das gesamte Geflügel dahinraffen. Oder die Füchse fallen drüber her. Jedenfalls will ich auf Nummer Sicher gehen. Wenn ich zu lange warte, müßte ich's später vielleicht bereuen.«

»Fort mit dir!« meinte er lachend, hielt ihr die Wange hin und ließ sich einen Abschiedskuß geben. »Du bist genauso schlimm wie deine Großmutter.«

Nachdem sie sich zwei Truthähne für das ferne Fest gesichert hatte, bestellte sie bei ihrem Metzger gewürztes Rindfleisch und paßte auf, daß er die Order ins richtige Notizbuch eintrug und ihren Namen korrekt buchstabierte.

Wie manche Nachbarn feststellten, nahm sie die übrigen Festivitäten nicht so ernst. Sonst würde sie sich endgültig selber davon laufen und womöglich tot umfallen, betonte man. Zum Beispiel kümmerte sie sich erst am Morgen des St.-Patrick-Tags um Kleeblätter für das Revers ihres Mannes und die Mäntel ihrer Töchter. Auch die Palmzweige für den Palmsonntag besorgte sie erst am Morgen vor dem Gottesdienst, während die geweihten Zweige anderer Leute längst bereitlagen.

Diese Feiertage schien sie nur als kleine Abwechslung auf dem Weg nach Weihnachten zu betrachten – eine Ansicht, die vor allem ihr Vater vertrat.

»Für Jenny ist das Ende eines Weihnachtsfests bereits der Beginn des nächsten«, sagte er. »Ich persönlich will nichts von Weihnachten wissen, solange es nicht wirklich vor der Tür steht. Wenn sich die Vorbereitungen monatelang hinziehen, verdirbt's einem die ganze Freude.«

Man ignorierte den alten Mann. Warum sollte man auch auf ihn hören? Schon dreimal hatte er den Weltuntergang prophezeit, und nichts war passiert.

Aber er sorgte sich ernsthaft um seine Tochter, die sich vehement verteidigte: »So wie ich machen's viele Leute. Das spart Zeit und Geld.«

Bedrückt schüttelte er den Kopf und ließ sich nicht beruhigen. Als Weihnachten allmählich näherrückte, wurde Jenny Collins immer nervöser und redete mit sich selbst, wenn sie glaubte, daß niemand zuhörte.

Während wir mit uns selbst reden, begnügen wir uns meistens mit harmlosen Sprüchen, oder wir murmeln dummes Zeug vor uns hin. Im Gegensatz zu Jenny denken wir dabei nicht an die Zukunft. Völlig unerwartet begann sie Sachen fürs nächste Weihnachtsfest zu kaufen, obwohl das aktuelle noch gar nicht vorbei war. Ihr Vater erschrak und behauptete sogar, was sie da treibe, sei Blasphemie. Zum erstenmal regten sich auch die Kinder auf, und Tom Collins entschied, es sei an der Zeit, ein Machtwort zu sprechen.

Was wird begieriger ersehnt als die Äußerung eines Mannes, der jahrelang den Mund nicht aufgekriegt hat, obwohl alle anderen in seiner Umgebung unentwegt schwatzen? Er räusperte sich, um gewissermaßen seine Jungfernrede zu halten, und der ganze Haushalt war alarmiert. Da Jenny eine Aussage von ungeheurer Wichtigkeit erwartete, sorgte sie für atemlose Stille, indem sie mit einem Dessertlöffel an den Milchkrug klopfte.

Zufällig waren alle Familienmitglieder am Tisch versammelt. Jennys Vater saß am Kopfende und vollendete eines seiner geliebten Kreuzworträtsel. Ihm gegenüber trug sein Schwiegersohn die Miene eines Jägers zur Schau, der während einer Hasenhatz mühsam zwei blutrünstige Windhunde bändigt. Um seine beiden Wörter loszuwerden, paßte er genau den richtigen Augenblick ab. An einer Seite saßen Jenny und ihr Sohn, an der anderen die beiden Mädchen.

Der alte Mann schob sein Kreuzworträtsel unter den Milchkrug, die beiden Mädchen legten ihre Schulhefte beiseite. Gemeinsam schlossen Mutter und Sohn das Märchenbuch, das sie gelesen hatten, und Tom Collins räusperte sich zum zweitenmal.

»Sehr schlimm«, verkündete er feierlich, und obwohl

er alle Zeit der Welt hatte, fügte er dieser knappen Bemerkung nichts hinzu. Nun folgte langes Schweigen. Die Tischgesellschaft wechselte verstohlene Blicke, nur der Mann, der das Staunen bewirkt hatte, starrte vor sich hin.

Natürlich wußten alle Anwesenden, was er meinte. Er wollte erklären, es sei in Ordnung, *ein* Weihnachtsfest zu planen. Aber nicht *zwei*. Die Stille beanspruchte einen angemessenen Zeitraum, bis man sich wieder mit den Schulheften und dem Buch und dem Kreuzworträtsel beschäftigte. In dieser klugen Familie wußte man genau, wann es sinnlos war, etwas zu sagen.

Die Tage verstrichen, und Jenny Collins beschloß vernünftigerweise, das Weihnachtsfest zu feiern, ohne das nächste zu erwähnen. Allerdings nur für eine kleine Weile. Kaum war der Schnee auf den Bergen ringsum geschmolzen, als sie auch schon vom wachsender Unrast ergriffen wurde. Eine Zeitlang konnte sie dem Drang widerstehen. Aber sobald die Narzissen blühten, malte sie sich künftige Weihnachtsfeste aus. Sie suchte ihr Heil im Gebet. Doch darauf konnte sie sich nicht konzentrieren, weil ihre Zwangsvorstellungen alle Gedanken beherrschten. Und sie schienen ihre Kraft noch zu verdoppeln, während der April die schattigen Wiesen mit Blumen bestreute. Es erschien ihr unmöglich, die Weihnachtsstimmung zu unterdrücken, der sie in früheren Jahren stets nachgegeben hatte. Trotzdem tat sie es – bis sie erkannte, daß es falsch war, einen übermächtigen Wunsch zu bekämpfen, denn wenn er schließlich die Oberhand gewann, äußerte er sich so intensiv wie nie zuvor.

In der letzten Aprilwoche kaufte sie nach Herzenslust Weihnachtsgeschenke und machte die verlorene Zeit wett, indem sie auch für die Weihnachtsfeste der nächsten Jahre alles erstand, was sie brauchen würde. Verblüffte, aber hilfsbereite Verkäuferinnen erinnerten sie daran, daß sie gewisse Dinge schon gekauft hatte. Da erklärte sie ihnen, sie würde die Sachen für eine kranke Freundin besorgen.

Normalerweise nahm sie es mit der Wahrheit sehr genau. Aber sie redete sich ein, sie sei nicht verlogen, sondern erfinderisch. Ihr Mann merkte, was da vorging. Als ihr das bewußt wurde, versicherte sie hastig, sie würde sein Geld nicht verschwenden. Früher oder später würde sie's ohnehin ausgeben. Dazu sagte er nichts. Und sie brachte keine weiteren Argumente vor. Von alldem bekamen die Kinder nichts mit. Die Erwachsenen konnten tun, was ihnen beliebte. Und im allgemeinen taten sie's auch.

Im Laufe des Sommers kaufte Jenny Collins immer mehr Sachen, meistens billiges Zeug, das sie in einer alten Truhe auf dem Dachboden verwahrte.

»Nicht für dieses Weihnachtsfest«, informierte sie ihren Vater. »Auch nicht fürs nächste, sondern fürs übernächste.«

»Und was für einen Sinn hat das?«

»Man muß für alles gerüstet sein.«

Als er entgegnete, diese Antwort würde ihn nicht überzeugen, zuckte sie die Achseln und fragte, wem sie mit ihren Aktivitäten schaden würde.

»Ich finde, nun übertreibst du's«, tadelte er.

Am späten Abend lud er seinen Schwiegersohn zu einem Drink ein. Sie besuchten ein ruhiges Pub am anderen Ende der Straße. Schon beim ersten Glas klagte der alte Mann: »Warum erlaubst du ihr das alles?«

»Ich erlaub's ihr nicht«, lautete die wohlüberlegte Antwort, »ich nehme es hin, weil sie sonst keine Fehler hat. Ich glaube, jeder Frau muß man wenigstens eine kleine Schwäche zugestehen, wenn sie normal bleiben soll.«

»Schön und gut. Aber wo wird das enden? Wir müssen ihr einen Riegel vorschieben. Oder willst du etwa mit ansehen, wie sie für die nächsten zwanzig Jahre Weihnachtsgeschenke einkauft?«

Darauf erhielt der alte Mann keine Antwort. Offensichtlich hatte Tom Collins diesen neuen Aspekt des Problems noch nicht überdacht. Es widerstrebte ihm, Jenny zu kränken. Aber falls die Prophezeiung seines Schwiegervaters realistisch war,mußte er irgend etwas unternehmen. »Ich rede mit ihr«, versprach er.

»Wann?«

»In den nächsten Tagen.«

»Dann ist es vielleicht schon zu spät.« Wehmütig schüttelte der alte Mann den Kopf und leerte sein Glas. »Falls dich meine ehrliche Meinung wirklich interessiert«, fügte er hinzu und schaute seinem Schwiegersohn eindringlich in die Augen, »sie läuft vor sich selber davon. Wenn man sie gewähren läßt, gibt's bald kein Zurück mehr. Ich will dir nicht die ganze Schuld an der Misere anlasten. Teilweise bin ich auch dafür verantwortlich.«

»Was sollen wir tun?« fragte Tom Collins bekümmert.

»Wir müssen drastische Schritte unternehmen.«

»Welche?«

»Wir brauchen die Hilfe eines Außenseiters«, erwiderte der alte Mann todernst.

»Und an wen denkst du?«

»An den Gemeindepfarrer«, erklärte Jennys Vater kategorisch.

Nachdem der Barkeeper die Gläser ein zweites Mal gefüllt hatte, zogen sie sich nachdenklich und sorgenvoll in eine ruhige Nische zurück. Denn mittlerweile standen ein paar Stammgäste an der Theke, die für ihre scharfen Ohren und ihre unersättliche Neugier bekannt waren. Die beiden Männer nippten an ihren Drinks, dann setzten sie das Gespräch im Flüsterton fort.

»Was kann der Priester tun?« fragte Tom Collins. »Müßten wir uns nicht an einen Psychotherapeuten wenden?«

»Wenn sich's herumspricht, daß Jenny einen Psychotherapeuten konsultiert, wird die ganze Stadt drüber tuscheln«, erwiderte der alte Mann gereizt. »Das wäre unerträglich. Außerdem ist eine psychotherapeutische Behandlung teuer, und Kanonikus Coodle kostet gar nichts.«

»Aber was weiß er denn von solchen Dingen?«

»Er ist Priester«, lautete die unwiderlegbare Antwort.

Von Zeit zu Zeit herrschte Stille im Pub, und die Gäste versuchten wieder zu lauschen. Darauf reagierte das Paar in der Nische mit eisernem Schweigen. Als die Konversation in der Schankstube an Lautstärke gewann, wußten die zwei Männer Bescheid. Offensichtlich hatte man jemanden zum Lauscher ernannt, der sich im Schutz des Stimmengewirrs eine günstige Position suchen würde. Wenn die Insassen einer ruhigen Nische nicht mehr ganz nüchtern waren, konnte man pikante Einzelheiten erfahren und später, nach der Sperrstunde des Lokals, den dankbaren Ehefrauen oder Freundinnen erzählen.

In diesem Fall wurde der Lauscher enttäuscht. Die zwei Männer in der Nische waren endgültig verstummt. Bald tranken sie ihre Gläser leer und verließen das Pub. Draußen schlenderten sie den Gehsteig entlang, bevor sie in die Straßenmitte wanderten, und sie schwiegen beharrlich, bis sie sich vergewissert hatten, daß niemand zuhörte.

»Also gut, Kanonikus Coodle«, stimmte Tom Collins zu. »Wann wirst du ihn um Hilfe bitten?«

»Gar nicht«, entgegnete der alte Mann und lachte zynisch. »Sie ist *deine* Frau, und du bist verantwortlich für sie. Am besten redest du jetzt gleich mit ihm, noch bevor du schlafen gehst.«

Ehe Tom antworten konnte, wurde er am Arm gepackt und zum Pfarrhaus geführt. Dem festen Griff seines Schwiegervaters vermochte er sich nicht zu entziehen. Widerstrebend ließ er dem Schicksal seinen Lauf.

Kanonikus Coodle hörte sich aufmerksam an, was das Mitglied seiner Pfarrgemeinde zu sagen hatte. Dabei stellte er keine Fragen und zog es vor, den Besucher zu ermutigen, indem er ihm zuzwinkerte und freundlich nickte. Wie er aus Erfahrung wußte, mußte man die Leute nur ausreden lassen, dann würde mit der Zeit alles ans Licht kommen.

Am Ende der Enthüllungen zeigte er sich weder überrascht noch bestürzt. Schweigend wartete er ab, ob Tom Collins irgend etwas hinzufügen wollte, was er vielleicht vergessen hatte. Das war anscheinend nicht der Fall. Und so tat der Priester, was er immer tat, wenn ihm ein unglückliches Schäfchen sein Leid geklagt hatte. Er füllte zwei große Gläser mit Portwein, und eins davon reichte er seinem Gast. Eine Zeitlang saßen sie stumm beisammen, während der Geistliche über das Problem nachdachte. Er kannte Tom Collins und seine Frau sehr gut – ein vorbildliches Ehepaar, auf das die Gemeinde stolz sein durfte.

Und er kannte auch Toms Schwiegervater. Ein notorischer Schwarzseher, aber ein anständiger, frommer Mann. Vermutlich hatte er seinen Schwiegersohn ins Pfarrhaus geschickt. Danach mochte der Kanonikus nicht fragen. Statt dessen wollte er die Ratschläge erteilen, die man von ihm erwartete. Allmählich gelangte er zu einer Erkenntnis. Wenn die Gemeinde mit ihren zahlreichen Möglichkeiten das Problem nicht lösen konnte, würde es ein schlechtes Licht auf alle ihre Mitglieder und ihn selbst werfen.

»Bevor Sie erwägen, um ärztliche Hilfe zu ersuchen«, begann er, »sollten Sie die Fähigkeiten unserer Gemeinde nutzen. Ich meine«, fuhr er in seiner gütigen Art fort und leerte sein Glas, »vielleicht liegt es in unseren eigenen Händen, die Schwierigkeiten zu meistern.«

»Mein Schwiegervater sagte irgendwas von einem Exorzisten«, warf Tom unvermittelt ein, weil er fürchtete, er könnte diesen Punkt vergessen, ehe das Gespräch ein Ende finden würde.

Nachdenklich runzelte der Priester die Stirn und erinnerte sich an seine letzte Begegnung mit Vater Sylvie Mallew, dem Exorzisten der Diözese, einem untadeligen, aufrechten Gottesmann, der aber nach Kanonikus Coodles persönlicher Meinung in diesem Fall mehr Schaden anrichten als Gutes tun würde. Zum erstenmal hatte er Vater Sylvie bei der erfolglosen Beschwörung eines bösen Geistes getroffen, in dessen Bann eine ältere Lady geraten war.

»Wäre es möglich«, fragte ein anderer Kleriker, der die Beschwörung zusammen mit Kanonikus Coodle beobachtet hatte, »daß der Exorzismus mißlungen ist, weil der böse Geist gar nicht existiert?«

Wohl oder übel mußte Kanonikus Coodle zugeben, dies sei durchaus vorstellbar.

Als die beiden Geistlichen den armen Vater Sylvie ins Hotel begleiteten, war er nach dem ergebnislosen, aber anstrengenden Ritual völlig erschöpft. Ein Arzt schickte ihn sofort ins nächstgelegene Krankenhaus. Dort verbrachte der geschwächte Exorzist einen ganzen Monat, um sich von seinen Qualen zu erholen. Wie sich herausstellte, war der böse Geist die Schwiegertochter der alten Lady. Diese Frau hatte den Exorzismus verlangt. Später gestand sie ein, dazu sei sie von den ungeheuerlichen Forderungen der alten Dame getrieben worden, von ihrem ständigen Genörgel und Gejammer, vom abgrundtiefen Haß, den sie einander entgegenbrachten.

Deshalb und aus vielen anderen Gründen widerstrebte es dem Kanonikus, in Jenny Collins' Fall einen Exorzisten hinzuzuziehen, und ein Mann wie Vater Sylvie Mallew kam schon gar nicht in Frage.

Als er seinen Standpunkt darlegte, wählte er seine Worte sehr sorgfältig. »Möglicherweise wissen Sie nicht, Mr. Collins«, erklärte er geduldig, »daß der Exorzismus dem kanonischen Recht der katholischen Kirche untersteht. Bevor ich einem Exorzismus zustimmen darf, muß ich die Erlaubnis meines Bischofs einholen. Und ehe wir zur Sache kommen, bin ich verpflichtet, genauestens zu prüfen, ob tatsächlich eine Art von Besessenheit vorliegt.

Wie wir beide wissen, ist Ihre Frau genausowenig besessen wie Sie oder ich. Also verzichten wir besser auf einen Exorzismus. Wenn wir dumm genug wären, ein solches Ritual zu wagen, könnte Ihre Frau glauben, sie wäre besessen. Und das ist fast so schlimm wie echte Besessenheit.«

»Und was sollen wir tun?« fragte Tom Collins.

»Eins nach dem anderen«, erwiderte der Kanonikus. »Gehen wir von den Tatsachen aus, die uns bekannt sind. Vorhin erwähnten Sie, Ihre Frau würde vor sich selbst davonlaufen – eine in dieser Gegend gebräuchliche Formulierung. Im Laufe der Zeit lernte ich mehrere Leute kennen, die vor sich selber davonliefen – aber nur bis zu einem gewissen Grad, und sie entfernten sich nie so weit von ihrem normalen Ich, daß sie nicht mehr zurückkehren konnten. Wie ich gestehen muß«, fuhr er fort und begeisterte sich für sein Thema, »wäre ich vor mir ein paarmal fast davongerannt, wenn ich mich über meine Kuraten ärgerte. Aber ich tat es nicht, weil ich dergleichen für Unfug halte. Vor sich selber davonzulaufen – das bedeutet im Grunde nur eine Flucht in die Phantasie. Was Ihre Frau betrifft, so läßt sich mit einiger Sicherheit sagen, worin das Problem liegt – sie blickt zu weit in die Zukunft . . .«

»Um viele Jahre zu weit!« warf ihr verzweifelter Ehemann ein. »Und wenn sie nicht zurückgehalten wird, dann wird sie sich um Jahrzehnte oder sogar um Jahrhunderte von uns entfernen und nie wieder zu ihrer normalen Persönlichkeit zurückkehren. Schließlich wäre ich mit einer Frau verheiratet, die gar nicht da ist.«

»Ach, kommen Sie!« entgegnete der Kanonikus und benutzte eine seiner Lieblingsredewendungen, die er stets anwandte, wenn er sich in die Enge getrieben fühlte.

»Seien Sie nicht so gönnerhaft!« Normalerweise hätte Tom Collins niemals in diesem Ton mit seinem Gemeindepriester gesprochen. Aber er gewann den Eindruck, der Kanonikus würde die Sache auf die leichte Schulter nehmen.

»Ach, kommen Sie!«

»Lassen Sie das!« fauchte Tom Collins den verwirrten Geistlichen an. Mit dieser Redewendung war es dem Kanonikus stets gelungen, aufgebrachte Leute zu besänftigen. *Ist ja schon gut*, wollte er sagen, aber angesichts seines entrüsteten Gastes besann er sich eines Besseren. Nun erkannte er, daß dies nicht der rechte Zeitpunkt für bedeutungslose Phrasen war. Also mußte er eine andere Taktik wählen. Am besten kehrte er seinen gesunden Menschenverstand hervor.

»Mit jeder Stunde geht's meiner Frau schlechter!« Tom Collins war den Tränen nahe. »Und inzwischen sitzen wir hier herum und reden Unsinn!«

»Ist ja schon gut . . .« Die Worte erstarben auf den

Lippen des Kanonikus, während er seine gesamten Geisteskräfte aufbot, um diesem geplagten Pfarrkind zu helfen.

Im Hintergrund seines Bewußtseins begann sich ein Bild zu formen – ein Bild aus der Vergangenheit, beherrscht von Big Bob, dem ungekrönten König des fahrenden Volks. Wie Coodle wußte, verdankte Big Bob den königlichen Status nicht seinen kämpferischen Fähigkeiten, obwohl er niemals in einem fairen Wettstreit besiegt worden war, sondern seiner Weisheit und Diplomatie.

Manche Leute sprachen allerdings lieber von Schurkerei und Tücke oder üblen Machenschaften und Betrug. Aber was immer man auch von Big Bob halten mochte, er stand stets zu seinem Wort. Wenn er ein Versprechen gegeben hatte, brach er es niemals.

Die Frauen vertrauten ihm, und die Kinder rannten ihm nach, wenn er in seinem Frack durch die Stadt spazierte, einen leichten Filzhut auf dem Kopf. Einerseits gehörte er zur Gemeinde, andererseits nicht. Er war ein Zigeuner. Nur im Winter und im Frühling beehrte er den Stadtrand mit seiner Anwesenheit. Dann reiste er ab, um der breiten Straße des Lebens zu folgen, wie er sich ausdrückte.

Allmählich verschärfte sich das Bild in Kanonikus Coodles Erinnerung, während er seinen Besucher mit teilnahms- und verständnisvollen Worten zu besänftigen suchte. Doch das Bild blieb immer noch schleierhaft, denn es war vor vielen Jahren geschehen, im Mondlicht. Und deshalb würde er es niemals klar und deutlich sehen.

Er entsann sich einer Frau von etwa fünfunddreißig Jahren, die zwischen den Zigeunerzelten auf der Gemeindewiese immerzu im Kreis gerannt war. Dort dressierte das fahrende Volk seine Pferde, so daß sich eine runde Umlaufbahn gebildet hatte. In der Mitte dieses Kreises stand ein Mann. Hin und wieder klatschte er in die Hände und rief der Frau etwas zu. Seine Stimme klang ermutigend, und er war niemand anderer als Big Bob.

Später traf ihn der Kanonikus zufällig bei der Brücke, und er konnte seine Neugier nicht bezähmen. Er erzählte, was er im Mondschein beobachtet hatte.

Und der Zigeuner bestätigte, der Priester habe tatsächlich unter dem Silbermond eine Frau im Kreis laufen sehen. »Das war meine Schwester«, erklärte er. »Nach ihrem zehnten Baby rannte sie vor sich selber davon. Also führte ich sie zur Pferdebahn und sagte ihr, sie solle im Kreis laufen, bis sie sich wieder einholen würde.«

»Und hat sie's geschafft?« fragte der Kanonikus eifrig.

»O ja. Bald holte sie sich selber ein, und danach bekam sie keine Kinder mehr.«

Damals war der Kanonikus ziemlich verwirrt gewesen. Aber während er Tom Collins betrachtete, erkannte er, daß diese plötzlich Erinnerung an die Ereignisse auf der Gemeindewiese eine ganz besondere Bedeutung hatte. Da er nicht abergläubisch war, würde er jederzeit bestreiten, Big Bob besitze übernatürliche Kräfte. Trotzdem war Big Bob ein außergewöhnlicher Mann, der eine seltsame Macht auf die anderen Zigeuner ausübte – und angeblich auch auf die Pferde. Seine Kritiker behaupteten, in seiner

Glanzzeit habe er mehr Eier und Hühner gestohlen als jeder andere Mensch auf dieser Welt. Aber daran zweifelte der Kanonikus.

Big Bobs Gefährten, insbesondere die Frauen, rechtfertigten seine Taten mit dem Argument, er würde die Reichen bestehlen, um die hungrigen Kinder, die Alten und Kranken in seinem Clan zu ernähren. Und es gab Dinge, die er niemals stehlen würde – zum Beispiel Pferde oder Geld oder Hunde. Aber wenn ein Hund beschloß, dem Wohnwagen des fahrenden Volks zu folgen – nun, das war etwas anderes.

Die Richter mochten ihn. Vor allem die Bezirksrichter hörten ihm gern zu, wenn er sich für einen jungen Zigeuner einsetzte, der sich mit irgendwem geprügelt oder Fenster eingeschlagen oder in alkoholisiertem Zustand unflätige Worte ausgesprochen hatte. Wie immer die Anklage auch lautete, Big Bob beteuerte, der Missetäter würde sich ganz gewiß bessern, wenn man ihm eine Chance gäbe. Und die Zigeuner behaupteten, er habe mehr Leute vor dem Gefängnis bewahrt als Daniel O'Connell.

Natürlich ahnte der Kanonikus, daß die etablierte Gemeinde den Vorschlag mißbilligen würde, den er Tom Collins unterbreiten wollte. »Wenn wir mit schönen Früchten nicht weiterkommen, müssen wir eben Mehlbeeren nehmen«, begann er und schilderte seinem Besucher, was er vor vielen Jahren im Mondlicht beobachtet hatte. Dann erzählte er von seinem Gespräch mit Big Bob.

Noch bevor er seinen Bericht beenden konnte, fiel ihm Tom Collins ins Wort: »Das meinen Sie nicht ernst!«

»Doch, genau das meine ich. Oder haben Sie eine bessere Idee?«

Da blieb Tom Collins nichts anderes übrig, als den Kopf zu schütteln. Und er schüttelte ihn sehr lange, ehe er resigniert zustimmte: »Nur wer wagt, gewinnt.«

»So gefallen Sie mir! Also müssen wir nur mehr auf eine Mondnacht warten.«

»Heute nacht scheint der Mond«, erinnerte Tom Collins den Gemeindepriester.

»In der Tat, in der Tat!« rief der Kanonikus erfreut, zog die Vorhänge auseinander und bewunderte den schimmernden Rasen vor dem Fenster seines Arbeitszimmers. »Wie herrlich und mild das Mondlicht des Allmächtigen glänzt!« seufzte er hingerissen. »Sehen Sie doch, wie es das Land versilbert und alle scharfen Kanten abschleift! Welch eine gesegnete, friedliche Atmosphäre!« Väterlich legte er einen Arm um die Schultern seines Besuchers, der zu ihm ans Fenster getreten war. »Beobachten Sie, wie die Mondstrahlen mit den Schatten um die Vorherrschaft kämpfen! Wie sie die grauen Ziegel auf dem Dach meines Geräteschuppens in Silber verwandeln!«

»Das ist eine Winternacht, Kanonikus«, erinnerte Tom Collins den mondsüchtigen Priester.

»In der Tat, in der Tat«, antwortete Kanonikus Coodle geistesabwesend.

»Und in vier Tagen ist Weihnachten«, betonte Tom.

»Also soll es in dieser Nacht geschehen?« Der Kanonikus ließ seinen Arm sinken, um das angstvolle Gesicht genauer zu mustern.

»Warum nicht?«

»Ja, warum nicht!«

»Ich hole Jenny«, erklärte Tom Collins entschlossen und rannte zur Tür.

»Und ich gehe zu Big Bob«, verkündete der Kanonikus, »sobald ich meinen Hut und meinen Mantel gefunden habe.« Nach einer längeren Suche, die an Toms ohnehin strapazierten Nerven zerrte, tauchten Hut und Mantel auf. Gemeinsam verließen sie das Pfarrhaus.

Der Kanonikus wandte sich zum Zigeunerlager am Stadtrand, der jüngere Mann zur Stadtmitte. »Treffen wir uns auf der Gemeindewiese!« rief Tom Collins über die Schulter.

»Einverstanden!« erwiderte Kanonikus Coodle.

Etwa eine Stunde verstrich, ehe sich die Hauptdarsteller der bizarren Zeremonie auf der Gemeindewiese trafen. Big Bob, im Frack, mit Filzhut und wehendem weißen Seidenschal, stand mit Jenny Collins auf der einen Seite der Pferdebahn, ihr Ehemann und Kanonikus Coodle auf der anderen.

Fasziniert beobachteten die beiden Männer, wie Big Bob mit der jungen Frau sprach. Ihre Augen starrten ihn unverwandt an. Hin und wieder schien sie zu nicken, als wollte sie ihm zustimmen. Kein Wort drang zu den beiden Beobachtern herüber, aber sie hörten die tiefe, klangvolle Stimme des Zigeuners. Manchmal hob er seine Hand, zeigte mit ausdrucksvollen Gesten zum Mond hinauf, zu den unzähligen Sternen, die am Dezemberhimmel tanzten und funkelten.

Während er in leisem sanftem Ton sprach, vernahmen die Lauscher nur ein monotones Gemurmel, das dem Schnurren einer zufriedenen Katze glich. Obwohl sie die Ohren spitzten, verstanden sie kein einziges Wort. Auch später sollten sie nicht erfahren, was der Zigeuner sagte, denn Jenny Collins behauptete, sie könne sich an nichts erinnern, sosehr sich auch bemühe. In jener Nacht sei ihr alles klargewesen. Und danach habe sie alles vergessen.

Schließlich verstummte Big Bob, nahm Jenny Collins bei der Hand und führte sie zur Pferdebahn. Dort blieben sie eine Zeitlang stehen, bis er ihr bedeutete, dem Kreis zu folgen, den die Hufe ins Gras gegraben hatten. Er stellte sich in die Mitte und schlug die Hände zusammen. Als er zum zweitenmal geklatscht hatte, fing Jenny zu laufen an. Nach sieben Runden rief der Zigeuner: »O weh, o weh, o weh, Mädchen!« Da hielt sie inne und wandte sich zu ihm.

Eine Zeitlang stand sie wie gelähmt da und ließ ihn nicht aus den Augen. Die verblüfften Beobachter wechselten einen Blick, aber sie schwiegen. Hier geschah etwas Ungewöhnliches, das wußten sie. Und sie spürten, daß es bedroht würde, wenn sie die Stille störten oder sich bewegten.

Plötzlich klatschte Big Bob wieder in die Hände, und Jenny begann rückwärts zu laufen, im Rhythmus des Beifalls, der sie anfeuerte und beflügelte. Als er immer langsamer klatschte, paßte sie sich dem Tempo an. Nun ging sie rückwärts wie in einem Traum.

Wenn sich ihr Mann und Kanonikus Coodle später an die Zeremonie erinnerten, erklärten sie, in einer gewissen Phase habe Jenny geschwebt, obwohl sie wußten, daß es eine Illusion war.

Schließlich verstummte der Applaus, und die Frau, die

vor sich selbst davongelaufen war, stand still. Statt ihr Ich einzuholen, gestattete sie ihm, zu ihr zurückzukehren.

»Jetzt, jetzt, jetzt ist es soweit«, säuselte Big Bob.

Später behaupteten die beiden Beobachter, »säuseln« sei das passende Wort, um den Klang seiner Stimme zu beschreiben.

»Jetzt, jetzt, jetzt«, säuselte er wieder, und Jenny Collins stand reglos da.

»Oh, ah, oh, oh, oh!« jubelte sie, als sie ihr Ich wieder in sich spürte.

»Außergewöhnlich!« Kanonikus Coodle traute kaum seinen Augen. »Höchst bemerkenswert! Und sehr sonderbar!«

Und der arme Tom Collins war sprachlos. Tränen rannen über sein Gesicht, und Jenny warf sich in seine ausgebreiteten Arme. Nun war sie wieder seine Frau, seine verläßliche, liebenswerte Gefährtin, seine Freude und sein Stolz, seine einzige wahre Liebe. Nie wieder würde sie vor sich selber davonlaufen und ihre Weihnachtsgeschenke von nun an zur gleichen Zeit kaufen wie alle anderen Leute.

Ohne ihre Umgebung wahrzunehmen, wanderten Jenny und Tom Collins über die mondhelle Wiese, Hand in Hand. Irgendwann würden sie nach Hause gehen, aber erst wenn das Silberlicht verblaßte, an das sie sich stets erinnern würden, das ihnen so romantisch und zauberhaft erschien.

»Wie kann ich Ihnen jemals danken?« fragte Kanonikus Coodle den alten Zigeuner. »Möge Gottes Segen ebenso auf Sie herabregnen wie diese himmlischen Mondstrahlen.«

»Vom Mondlicht allein kann man nicht leben.« In Big

Bobs apokalyptischer Stimme schwang die Kraft einer gewaltigen Wahrheit mit, und der Kanonikus griff nach seiner Brieftasche.

Jennys leises Gelächter wehte aus der Ferne heran, vom Mondschein untermalt. Es war das Lachen einer Frau, die ihr Ich verloren und wiedergefunden hatte. Und nun würde sie sich jedes Jahr zu Weihnachten so verhalten wir alle anderen Leute.

Das beste Weihnachtsessen

Als Wally Pooley übers Land radelte, verlor er allmählich den Glauben an die Güte seiner Mitmenschen. Seit vierundzwanzig Stunden hatte er keinen Bissen mehr gegessen. Unfaßbar, dachte er, das Weihnachtsfest ist noch nicht vorbei, und so viele Leute weisen den Hungrigen und Bedürftigen die Tür.

Er hatte erwartet, der Geist der Christenheit würde aufblühen und nicht erlöschen, während der Dreikönigstag und somit das offizielle Ende der Weihnachtszeit näherrückte. Am nächsten Tag sollte dieses Fest gefeiert werden. »Und das war's dann!« rief er einem angepflockten Esel verbittert zu, der am ungastlichen Straßenrand erfolglos nach Gras oder Wicken oder anderen genießbaren Pflanzen fahndete.

In mancher Hinsicht gleichen wir uns, alter Esel, überlegte Wally. Da die Strecke bergauf führte, trat er angestrengt in die Pedale. Vergeblich suchen wir unsere Bäuche zu füllen, und die Unwürdigeren mästen sich hinter geschlossenen Türen. Nie wäre er auf den Gedanken gekommen, es könnte sein Beruf sein, der ihm feindselige Ablehnung eintrug, seit er an diesem Morgen sein winziges Haus verlassen hatte.

Außerdem war er ein Städter, das stand eindeutig fest. Und mochten die Städter in ihren Herzen auch Heilige sein – sobald sie sich aufs Land wagten, erregten sie Argwohn. Als Gerichtsdiener stellte er gerichtliche Vorladungen zu und war in letzter Instanz dem Richter verantwortlich, der kaum jemals ein Grußwort mit Wally oder dessen Kollegen wechselte. Zwischen den höheren Justizbeamten und den niedrigen Rängen klaffte eine riesige Kluft.

Genaugenommen mußte Wally in der Weihnachtszeit nicht arbeiten. Aber er würde den Hunger, der ihn seit dem Morgen quälte, erst stillen können, wenn die Bescheide abgeliefert und die eidesstattlichen Erklärungen unterschrieben waren. Dann, und nur dann würde er von den Anwälten, die ihn beschäftigten, den Lohn für seine Dienste erhalten – in diesem Fall von einem einzigen Anwalt, J. P. Holligan.

Ehe er in aller Herrgottsfrühe aufgebrochen war, hatte er seinen Arbeitgeber angerufen und bestätigt, einige Tage vor Weihnachten seien ihm per Post diverse Dokumente zugestellt worden. Die hätte er sofort weiterleiten müssen. Aber er erklärte Mr. Holligan, er habe es nicht übers Herz gebracht, seine Mitmenschen so kurz vor dem Fest ins Unglück zu stürzen. In Wirklichkeit war er unfähig gewesen, aus seinem einsamen Bett zu steigen und den Briefträger einzulassen, der Wallys Gepflogenheiten kannte. Eine Zeitlang klopfte der Mann vergeblich an die Tür, dann stellte er sich auf die Zehenspitzen und warf die Post durchs halbgeöffnete Schlafzimmerfenster.

Während die Briefe zu Boden flatterten, verfluchte Wally seine Zechkumpane, elende Trunkenbolde, die ihn am Vorabend so lange in der Kneipe festgehalten hatten, bis sein letztes Geld durch ihre Kehlen gerollt war.

An diesem Tag stand er überhaupt nicht auf. Und bevor er am nächsten Tag zum Wirtshaus ging, verstaute er die Briefe sorgsam in der Brusttasche seines Jacketts. Dort würden sie bleiben, bis sein allerletzter Penny ausgegeben war, bis er wieder aufs Fahrrad steigen mußte, um die bösartigen Papiere zu verteilen.

Bei seinem Telefonat mit J. P. Holligan von Holligan, Molligan und Colligan erklärte er, nun brauche er erst einmal einen Vorschuß, um ein paar Grundnahrungsmittel wie Brot und Butter und verschiedene schlichte Dinge wie Speck, Eier, Würstchen und Blutwurst zu kaufen.

Der Anwalt zeigte kein bißchen Verständnis, nicht einmal, als er auf die anstrengende Reise hingewiesen wurde, die seinen unterwürfigen Diener erwartete und sogar an den Kräften eines Radsportlers zehren müßten – ganz zu schweigen von einer unterernährten, halbverhungerten Kreatur, mochte sie den Elementen in Erfüllung ihrer amtlichen Pflichten auch noch so tapfer trotzen.

»Ersparen Sie mir die unappetitlichen Einzelheiten«, fiel J. P. Holligan ihm ins Wort.

Wally gab sich nicht so leicht geschlagen und forderte erneut einen Vorschuß, indem er den Anwalt an frühere heikle, aber erfolgreiche Missionen erinnerte, die seine Gesundheit gefährdet und Erschöpfungszustände bewirkt hatten. Doch diese Argumente stießen auf taube Ohren.

Nachdem er alle seine Münzen in den Schlitz der Telefonzelle geworfen hatte, stieg er mit leerem Magen aufs Rad und hoffte, unterwegs eine freundliche Seele anzutreffen, die ihm eine Tasse Tee oder einen Teller Suppe servieren würde. In dieser Gegend lebten immer noch ein paar tolerante Leute, die einem Gerichtsdiener nicht grollten, wenn sie Hiobsbotschaften erhielten.

»Irgend jemand muß so was ja machen«, sagten die Versöhnlicheren, während andere – nicht viele – zu bemerken pflegten, auf der Welt würden sich eben alle möglichen Typen herumtreiben.

Die Mehrheit, zu Recht oder Unrecht, betrachteten die niedrigsten Diener des Gesetzes als Renegaten und Außenseiter der Gesellschaft und bedrohen sie mit physischer Gewalt. Und es gab auch perverse Übeltäter, die Wally bereits erwarteten und ankündigten, sie würden ihn erschießen, erhängen oder ertränken. Oft genug hatte man schon versichert, man würde ihm die Beine brechen, den Schädel einschlagen, seine Glieder ausreißen und ihn kastrieren – um nur einige der Strafen zu nennen, die er in Kauf nehmen mußte, sollte er die unwillkommenen Papiere abliefern.

An diesem Vormittag hatte er bereits Vorladungen verteilt, die so abscheuliche Verbrechen betrafen wie widerrechtliches Betreten privater Grundstücke, Verschuldung und tätliche Angriffe, Vertragsbruch, versuchte

Vergewaltigung und Erregung öffentlichen Ärgernisses. Jetzt, wo er sich dem Ende der gefährlichen Radtour näherte, mußte er nur mehr einen einzigen Bescheid überbringen.

Dieses Haus kannte er sehr gut. Er war schon mehrmals dort gewesen, allerdings nicht in Erfüllung seiner Amtspflichten. Vor seiner Beförderung zum Gerichtsdiener hatte er sich für Politik interessiert. Wann immer die Wahlwerber auf Stimmenfang gingen, schloß er sich an – hauptsächlich, weil er nichts anderes zu tun hatte, aber es gab auch einen stichhaltigen Grund: Die Partei, die seine Unterstützung beanspruchte, war gerade nicht an der Macht, und er wurde gebraucht, um die Wahlwerbergruppe zu vervollständigen.

Unverhoffterweise kehrte die Partei nach einer Blitzabstimmung an die Macht zurück, und eine neue Regierung wurde gebildet. Um Wally für seine treuen Dienste zu danken, schlug ihn ein Parteibonze für den Posten des Gerichtsdieners vor. Trotz heftigen Widerstands wegen seiner Trunksucht und allgemeinen Unzuverlässigkeit hatte er die Stellung bekommen. Meistens arbeitete er für Holligan, Molligan und Colligan. Der zuerst erwähnte Anwalt unterstützte die Regierung und war ein notorischer Geizhals. Daß er sich gegen Wallys Ernennung zum Gerichtsdiener gesträubt hatte, sprach zu dessen Gunsten. Deshalb war er von Leuten protegiert worden, mit deren Hilfe er nie gerechnet hätte.

Auf der Nebenstraße, die zum Haus des letzten Adressaten führte, klafften große Schlaglöcher, nach den letzten Regenfällen doppelt bedrohlich. Mit Wallys früheren Besuchen verbanden sich unangenehme Erinnerungen. Einmal hatten der Bruder und die Schwester, die hier wohnten, die Opposition geradezu fanatisch unterstützt und die Hofhunde auf Wally und die anderen Wahlwerber gehetzt.

In der Nähe des Hauses vergrößerten sich die Schlaglöcher, und es fiel ihm immer schwerer, drumherum zu fahren. Unweigerlich wurde er vom Rad geworfen und fiel in eine schlammige Pfütze.

Um das Mißgeschick noch zu verschlimmern, erschienen die drei Hofhunde, schnappten nach ihm und kläfften ihn hysterisch an. Er sprang auf, schirmte eine Seite seines Körper mit dem Fahrrad ab und bewaffnete seine freie Hand mit ein paar Steinen. Die schleuderte er auf den wildesten Hund, der heulend das Weite suchte. In sicherer Entfernung setzte der feige Köter seine Einschüchterungstaktik fort. Ehe Wally Zeit fand, neue Munition zu sammeln, hatten sich die beiden anderen Hunde zu ihrem Gefährten gesellt, und alle drei übten lautstarke Kritik an dem unerwünschten Besucher.

Die Hausbesitzer ließen sich nicht blicken. Sicher wär's ihnen egal, wenn mich die Bestien zerfleischen würden, dachte Wally. Zitternd tastete er sich auf der schmalen Straße voran und spürte, wie das schlammige Wasser an seiner Kehrseite zu gefrieren begann. Mit klappernden Zähnen sagte er sich, er würde sicher eine Lungenentzündung oder was Schlimmeres kriegen, wenn er nicht bald ins Trockene kam. Vorsichtig schüttelte er die nassen Hosenbeine, was aber nur bewirkte, daß die eisigen Tropfen an seinen Schenkeln hinabrannen.

»O Gott«, flehte er seinen Schöpfer an, »was habe ich verbrochen? Warum bestrafst du mich so grausam?«

Mühsam schob er das Rad zwischen den Schlaglöchern hindurch, fluchte und schimpfte und sehnte den Anblick des Hauses herbei, wo er sich vielleicht am Feuer wärmen konnte. Als er zusammen mit den anderen Wahlwerbern das letzte Mal Zugang gefunden hatte, waren sie von einem warmen Küchenherd empfangen worden. Bei dieser Erinnerung lief ihm ein wohliger Schauer über den Rücken und milderte sein Unbehagen. Bald würde er diese segensreiche Glut spüren. Noch bevor er innerhalb weniger Minuten um Jahre altern würde. Sogar Wallys engste Freunde räumten ein, daß er größeren Belastungen nicht gewachsen war. In seinen über vierzig Jahren hatte er meistens gejammert und sich nur selten des Lebens gefreut.

Eine Zeitlang blieb er stehen, um Atem zu schöpfen, und plötzlich erschrak er. Die Vorladung! Steckte sie noch in seiner Tasche? Oder hatte er sie versehentlich einem falschen Empfänger ausgehändigt? Er tastete nach seiner Brusttasche. Aber er mußte die Sicherheitsnadel nicht herausziehen. Seine Finger fühlten das beruhigende Knistern der juristischen Epistel, die er bald abliefern würde. Erleichtert seufzte er auf und ging weiter.

Zu beiden Seiten der alten Straße, früher eine stattliche Allee, erstreckten sich Felder, so weit das Auge reichte, ein Hinweis auf den Wohlstand der Besitzer, angeblich der reichsten Farmer in der Gemeinde. Reich mochten sie sein, aber laut Aussage der Einheimischen so knauserig, daß sich nicht einmal das fahrende Volk die Mühe machte, ihnen einen Besuch abzustatten. Zu beiden Seiten des Hoftors hinterließen die Zigeuner ihre geheimen Zeichen, die den Geiz der Bewohner verrieten, vor den bissigen Hunden und einem gefährlichen Bullen warnten. Denn das ungastliche Geschwisterpaar zögerte nicht, dieses reizbare Biest auf die Zufahrtsstraße zu schicken, um Besucher, insbesondere Zigeuner, zu entmutigen.

Endlich kam das Haus in Sicht, aber nirgends zeigte sich ein menschliches Wesen. Trotz des Rufs, den die Eigentümer genossen, freute sich Wally, als er eine dünne Rauchsäule aus dem Küchenschornstein emporsteigen sah. Er schaute auf seine Uhr. Kurz nach zwölf. Um diese Zeit setzte sich die Landbevölkerung an den Dinnertisch. Abends, wenn die Kühe gemolken und alle anderen Tiere versorgt waren, nahmen die Farmer das Supper ein.

Auf dem Land gab es keine Teestunde, nur Frühstück, Mittag- und Abendessen. Der Zeitraum nach Mittag galt als früher Abend. Das Wort »Nachmittag« war nur von Gutsherren in feudaleren Zeiten benutzt worden und kam im Vokabular der jetzigen Landbewohner nicht vor. Zusammen mit anderen Bezeichnungen, die nie so richtig zum Lebensstil der Einheimischen gepaßt hatten, war es abgeschafft worden.

Das imposante Gebäude erhob sich am Rand einer großen Rasenfläche. Früher hatte es einem englischen Landedelmann gehört, dessen Verwalter das Haus mitsamt den Ländereien für einen Bruchteil des wahren

Werts verkauft hatte, als die Briten nach dem Bürgerkrieg abgezogen waren. Die derzeitigen Besitzer waren der Sohn und die Tochter des Käufers, eines Geizkragens, der gerade genug gegessen hatte, um am Leben zu bleiben. Wäre es nach seinem Willen gegangen, hätte er seinen Angestellten die gleiche Enthaltsamkeit aufgezwungen. Seine Nachkommen waren von etwas anderem Kaliber, schlugen sich die Bäuche voll und kümmerten sich nicht drum, wenn andere Menschen hungerten.

Unsicher klopfte Wally Pooley an die Küchentür. Nicht einmal die Hausbewohner benutzten die reichgeschnitzte Vordertür mit dem massiven antiken Klopfer, den man kaum hochheben konnte. Als Wally keine Antwort erhielt, stieß er gegen die Tür, die zu seiner Erleichterung aufschwang. Angenehme Wärme strömte ihm entgegen. Wie erwartet loderte ein helles Feuer im Herd, mehrere Töpfe verströmten köstliche Düfte. Schnurstracks ging er zum Herd und wandte ihm seine eiskalte Kehrseite zu. Wohlige Wärme kroch in seine Glieder, und er genoß dieses Glück in vollen Zügen. So hätte er stundenlang dastehen können, ohne sich zu bewegen. Hinter ihm quoll Dampf aus dem nassen Hosenboden, und seine Lebensgeister kehrten allmählich zurück. Am liebsten hätte er die Hose ausgezogen und an die Stangen über dem Herd gehängt. Aber das wäre eines Gerichtsdieners unwürdig gewesen, selbst wenn er darunter eine alte Footballerhose trug.

Während er sich entspannte, glitt er in einen Tagtraum hinüber. Vor seinem geistigen Auge erschienen spärlich bekleidete Damen, die an einem fernen Strand umhertollten. Einige erkannte er wieder, weil er ihnen schon oft begegnet war, immer am selben Ort. Auch sie schienen ihn zu erkennen, denn sie verrenkten sich geradezu akrobatisch, um ihn zu provozieren. Eine nahm ihn sogar bei der Hand und führte ihn in eine Höhle unter überhängenden Klippen. Drinnen legte sie warnend einen Finger an die Lippen und bedeutete ihm, die nun folgenden Ereignisse würden absolutes Stillschweigen erfordern.

»Wachen Sie auf, Sie mieser Schurke!« Die Stimme, die dicht neben seinem Ohr explodierte, gehörte keiner der exotischen Gestalten am fernen Strand. Die würden ihn niemals so anreden. Nein, es war die Stimme von Miss Clottie, der Hausherrin. Mühsam kehrte Wally in die Wirklichkeit zurück, wo Miss Clottie und ihr Bruder, Master Bob, ihn abweisend anstarrten.

»Was machen Sie hier?« Diese äußerst unfreundliche Frage kam über Miss Clotties Lippen, denn Bob blieb stumm, weil er wußte, daß jede Art von Drecksarbeit in den Händen seiner geliebten Schwester bestens aufgehoben war.

Hastig erläuterte Wally seine mißliche Lage und bat, noch ein paar Minuten bleiben zu dürfen, bis seine Hose trocknen würde. Er schilderte den Angriff der Hunde und betonte, dies sei ein schwerwiegender Zwischenfall angesichts seiner amtlichen Position. Falls die Behörden davon erführen, wäre der Teufel los. Erleichtert beobachtete er den Blick, den die Geschwister wechselten. In diesem Blick mischte sich mildes Entsetzen mit Hohn und Spott. Aber die beiden hatten immerhin begriffen, worum es ging.

»Wollen Sie uns etwa erzählen, Sie hätten eine Vorladung für uns?« fragte Miss Clottie.

Allerdings, Sie aufgeblasene alte Schachtel, fühlte sich Wally versucht zu erwidern. Statt dessen hielt er den Mund und wartete die Reaktion ab, die sein unerwarteter Besuch stets hervorrief.

»Allein schon der Gedanke!« rief Miss Clottie. »Eine Vorladung für die MacMullys vom Cloontubber House! Hat man so was schon gehört?« Sie wandte sich zu ihrem Bruder, der sein seltsames Schweigen noch immer nicht brach, und stemmte ihre Hände in die Hüften.

Dieser Teil meines Jobs gefällt mir am besten, dachte Wally. Klar, es ist ein ekliger Beruf, aber er hat gewisse Vorzüge . . . Genüßlich sonnte er sich im Vollgefühl seiner amtlichen Macht. Nun konnte er den beiden den Bescheid geben und die Qualen der Ungewißheit beenden. Oder er konnte sie noch ein bißchen zappeln lassen.

Während seine Ankunft den Hausherrn sichtlich bekümmerte, zeigte sich dessen hochnäsige Schwester völlig unbeeindruckt. Sie war ein Snob vom Scheitel bis zur Sohle, so wie alle, die sich irrigerweise für etwas Besseres hielten. Offenbar glaubten diese Leute, sie würden so hoch über den gewöhnlichen Sterblichen stehen, daß man's nicht wagen würde, ihnen eine gerichtliche Vorladung zu überbringen. Sie stellte einen dampfenden Suppenteller vor ihren Bruder auf den Tisch. Geistesabwesend rührte er darin herum, und nach einer Weile begann er lustlos zu essen, als müßte er eine bittere Medizin schlucken.

Miss Clottie drehte sich plötzlich zu Wally um, diesmal die Arme vor der Brust verschränkt.

»O nein, Missie, vielen Dank«, sagte er boshaft, ehe sie den Mund öffnen konnte.

»Wofür danken Sie mir?« fragte sie in echter Verwirrung.

»Für die Suppe, die Sie mir anbieten wollten.«

Falls ihr diese dreiste Stichelei eines Städters – noch dazu eines minderwertigen Städters mißfiel, behielt sie es für sich. Ohne die widerwärtige Kreatur, die am Herd stand, aus den Augen zu lassen, trug sie den halbvollen Teller vom Tisch zur Spüle. Natürlich kannte sie den Gerichtsdiener. Sie hatte ihn oft genug in der Stadt gesehen. Entweder ging er in Kneipen, oder er kam heraus, oder er lungerte vor den Türen der Buchmacher herum, wenn er nicht gerade in den Schaufenstern der Buchmacher die Gewinnzahlen studierte.

»Jetzt können Sie gehen«, teilte sie ihm mit. »Wie ich sehe, ist Ihre Hose inzwischen getrocknet.«

»Nur noch einen Augenblick«, flehte er.

»Verschwinden Sie, oder ich hetze die Hunde auf Sie«, drohte sie. »Zum zweiten Mal.«

O Gott, o Gott . . . Nun redete Wally wieder mit sich selbst. Wenn sie auch glauben, es wird ihnen nie passieren – es passiert. Vorladungen müssen nun mal abgeliefert werden, und sie starren jedem Menschen ins Gesicht, ohne Ansehen der Person, genauso wie der Tod. »Da gibt's kein Entrinnen. Obwohl Sie sich einbilden, Sie wären was Besseres als Ihre Nachbarn. Ich bin der Gerichtsdiener dieser Gemeinde, und genauso wie der Bestattungsunternehmer dieser Gemeinde werde ich Sie früher oder später kriegen.« Diese letzten Sätze sprach er laut aus.

»Wovon redet er?« Verwundert wandte sie sich zu ihrem Bruder. Master Bob zuckte die Achseln, während die Verblüffung seiner Schwester wuchs. Seufzend ging sie zum Herd, stieß den Gerichtsdiener zur Seite und griff nach einem Topf, in dem kochendes Wasser dampfte. Darauf wurde der größte Teller, den Wally Pooley je gesehen hatte, schon seit einiger Zeit für das Dinner ihres Bruders erhitzt, und nun nahm sie ihn herunter.

Fasziniert beobachtete der Besucher, wie sie folgende Speisen auf den Teller legte: Zwei gekochte Kartoffeln, nicht zu mehlig und nicht zu matschig, sondern genau so, wie sie der ausgehungerte Wally liebte, zwei mittelgroße Filetsteaks, die ihm den Mund wässerig machten, und ein Berg Pastinakenbrei, mehrere gebratene Zwiebelringe von der Dimension kleiner Halsbänder und schließlich noch eine dickflüssige braune Sauce.

Diesen verlockenden Teller stellte sie vor ihren Bruder auf den Tisch. Dann hob sie eine Hand, um zu verhindern, daß er den Hauptgang in Gegenwart einer so nichtswürdigen Kreatur wie dieses Gerichtsdieners verspeiste, der seinen Hintern wieder dem Herdfeuer entgegenstreckte. »Raus mit Ihnen!« befahl sie.

»Sobald ich mein Geschäft erledigt habe, gehe ich«, versprach Wally Pooley.

»Sagen Sie endlich, was Sie wollen!«

»Da muß ich mich an Ihren Bruder wenden.«

»Gut, dann laß ich Sie mit ihm allein. Aber in fünfzehn Minuten komme ich mit den Hunden zurück.«

Sobald seine Schwester aus der Küche geeilt war, widmete Master Bob – seiner bisherigen Lustlosigkeit zum Trotz – seine ganze Aufmerksamkeit dem Dinner. Hilflos schaute Wally zu und leckte sich über die Lippen, während der Hausherr ein saftiges Stück Fleisch in den geifernden Mund schob. Dann sah er ihn kauen, und das konnte Wally kaum ertragen. Master Bob schloß die Augen und hob den Kopf, um den köstlichen Geschmack noch intensiver zu genießen. Von Natur aus ein langsamer Esser, bewegte er die Kiefer sorgsam und bedächtig – fest entschlossen, jeden Bissen, den er auf der Zunge spürte, bis zur Neige auszukosten.

Eigentlich müßte er auf dem Rummelplatz auftreten, dachte Wally, nur um den Leuten zu zeigen, wieviel Spaß es machen kann, einfach nur zu kauen. Ein unaufmerksamer Beobachter mochte den Eindruck gewinnen, Master Bob würde den weniger glücklichen Gerichtsdiener herausfordern. Aber das war nicht der Fall. Wann immer er ein saftiges Filetsteak verzehrte, vergaß er seine Umgebung.

Nach einer halben Ewigkeit, wie es Wally vorkam, verschluckte Master Bob den ersten Bissen, öffnete die Augen und betrachtete wieder seinen vollen Teller. Mit Messer und Gabel bearbeitete er den Pastinakenbrei, um ihn mit brauner Sauce zu vermengen. Dann hielt er einen köstlichen Happen hoch und musterte ihn bewundernd, ehe er langsam den Mund öffnete und die Gabel mit den hochgetürmten Pastinaken liebevoll hineinführte.

Wally hörte ein genüßliches Schmatzen, und das Wasser lief ihm wieder im Mund zusammen. Jetzt mußte er endlich die Initiative ergreifen. Ohne um Erlaubnis zu fragen, setzte er sich neben den glückselig mampfenden Master Bob.

Wenn letzterer Wallys Anwesenheit wahrnahm, ließ er sich nichts dergleichen anmerken. Den Kopf leicht schief gelegt, saß er da, in seiner eigenen Welt versunken, und spürte, wie der Pastinakenbrei am Gaumen hinabglitt.

Nachdem die Pastinaken denselben Weg gegangen waren wie das Filetstückchen, seufzte er zufrieden und rülpste anerkennend. Natürlich entschuldigte er sich nicht bei seinem Besucher. Er rülpste ein zweites Mal und griff nach dem Glas Milch, das seine Schwester ihm eingeschenkt hatte. Geräuschvoll begann er zu trinken, während der hungrige Zuschauer krampfhaft schluckte. Nach dem zweiten Bissen entschied sich Master Bob für ein kleine Pause. Er legte Messer und Gabel auf das appetitliche Arrangement, das noch verschlungen werden mußte, rieb sich die Hände und stöhnte ekstatisch. Erst in diesem Augenblick bemerkte er Wallys Gegenwart. Dieser ungeheure Verstoß gegen das ländliche Protokoll erzürnte ihn sekundenlang. Doch der Ärger verflog allmählich, als er seine nächste Aktion überdachte.

Und Wally Pooley verfolgte machtlos, wie die gierigen Augen seines Peinigers den Inhalt des Tellers studierten. Vermutlich wird er einen Zwiebelring wählen, schätzte Wally, aber zu seiner Verblüffung schnitt Master Bob noch ein Stück vom Filetsteak ab. Mit Sorgfalt hatte er einen besonders schmackhaften Bissen ausgesucht, den er nun behutsam auf die Gabel spießte. Wie Wally völlig richtig erkannte, würde er bis zum Jüngsten Tag warten, ehe ihm der Hausherr einen einzigen Bissen von seinem Dinner anbot, das für zwei gereicht hätte.

Normalerweise würde Wally den Plan nicht verwirklichen, den er geschmiedet hatte, bevor er zum Tisch gegangen war. Aber seit er Master Bob essen sah, hatte sich sein Hunger verdoppelt.

Zunächst zog er die Sicherheitsnadeln aus seiner Brusttasche. Dann nahm er das Kuvert heraus, das die Vorladung enthielt. Und drittens hielt er es hoch, um auf die Bedeutung des Dokuments hinzuweisen. Zweifellos würde es Master Bobs Aufmerksamkeit erregen.

Doch der war inzwischen ans Fenster getreten und schaute hinaus. Offenbar hatte er den Umschlag gar nicht zur Kenntnis genommen und schien immer noch den Nachgeschmack seiner bisherigen Mahlzeit zu genießen. Genau das hatte auch Wally bei den seltenen Gelegenheiten getan, wo ihm so delikate Speisen vergönnt worden waren. Nun würde Master Bob den Übergang vom Kauen zu den ersten Verdauungsaktivitäten auskosten. Sicher erinnerte er sich an jeden einzelnen der beiden Bissen und würde eine Kombination aus Pastinaken und Kartoffeln oder Zwiebelringen und Fleisch erwägen – oder vielleicht ein Medley aus allen vier Köstlichkeiten. Immerhin hatte er eben erst zu essen begonnen und brauchte Zeit, um wiederzukäuen, ehe er sich erneut mit dem Inhalt seines Tellers befaßte.

Zum zweiten Mal erklang das irritierende Geräusch

der Hände, die er aneinanderrieb, begleitet von einem noch ärgerlicheren Rülpser. Als er sich wieder setzte und das Besteck ergriff, drehte er den Kopf hin und her, um die Mahlzeit aus allen erdenklichen Perspektiven zu betrachten. Offenbar hatte die Pause seinen Appetit angeregt, denn er tauchte ein großes Kartoffelstück in den Pastinakenbrei und die braune Sauce.

Aber diese reizvolle Komposition erreichte seinen Gaumen nicht. Ein höfliches Räuspern von bester Salon-Qualität genügte, um ihn abzulenken. Fragend richtete er seinen Blick auf die Quelle des Hüstelns. Und das war doch tatsächlich der unwillkommene Gast, der Gerichtsdiener, die Kreatur, die er nur vermeintlich zu respektvollem Schweigen veranlaßt hatte. Zwischen Wally Pooleys Fingern steckte immer noch die ominöse Epistel.

»Hat das nicht Zeit?« flehte Master Bob.

»Die Pflicht ruft«, lautete die entschiedene Antwort.

»Also gut, geben Sie's her!« In der einst so arroganten Stimme schwang ein resignierender Unterton mit. Langsam öffnete Master Bob das Kuvert und zog den Inhalt heraus. Es war nur ein einzelnes Blatt. Doch die wenigen Zeilen ließen den Leser erblassen. Seine Hände begannen zu zittern, und er studierte den Text ein zweites Mal, was ihn keineswegs beruhigte.

Nun war sein Gesicht aschfahl, und die Kieferbacken, die eben noch so eifrig gekaut hatten, verkniffen sich. Er schob den Teller beiseite, der zufällig bei den Händen des Gerichtsdieners landete, ziemlich weit vom rechtmäßigen Besitzer entfernt.

Sanft umkreisten Wally Pooleys Finger den Teller, ohne ihn zu berühren. »Haben Sie fertig gegessen?« Aus den versiegelten Lippen kam keine Antwort. »Vermutlich . . .«, fügte er kaum hörbar hinzu.

Noch immer keine Antwort. In diesem Teil der Welt glaubten viele Leute, ebenso wie anderswo, daß ein beharrliches Schweigen gewissermaßen Zustimmung bedeutet. Und so griff Wally Pooley nach dem Besteck, machte mit dem Messer das Kreuzzeichen und schob die vollbeladene Gabel in den Mund. Dann schnitt er ein besonders saftiges Stück vom Filetsteak ab.

Während er sich vollstopfte, hob Master Bob von Zeit zu Zeit alarmiert den Kopf. Er glaubte ein Gebell zu hören. Aber vielleicht war es nur ein Schmatzen. Dann hätte er schwören können, ein Schwein würde grunzen. Doch die Geräusche stammten von Wally Pooley, der die unverhoffte Wohltat genoß. Gegen Ende der Mahlzeit bemerkte er, daß Master Bob den Kopf in den Händen vergraben hatte. Diese Chance nutzte er, um sich ein Glas Milch einzugießen.

Genau in dem Augenblick, als er den letzten Bissen verschlang, kehrte Miss Clottie mit ihren feigen Hunden zurück. Was sie in der Küche sah, schockierte sie, und sie brachte kaum ein Wort hervor. Hastig packte sie die Vorladung und begann zu lesen. Schon nach wenigen Sekunden änderte sich ihre grimmige Miene.

Nun fand Wally Pooley, es sei an der Zeit, sich zu verabschieden. Den Inhalt des Schreibens kannte er bereits. Aber von ihm würde man nichts erfahren. Die ganze Gemeinde wußte ohnehin, daß sich Master Bob in einem Vaterschaftsprozeß verantworten mußte.

Lächelnd stand Wally vom Tisch auf und unterdrückte mannhaft einen Rülpser. »So was Gutes habe ich noch nie gegessen, Missie«, wandte er sich dankbar an Miss Clottie. Aber die verzweifelte Frau war unfähig, ihm zuzuhören. Behutsam deponierte er Messer, Gabel, Teller und Milchglas in der Spüle, verließ die Küche im Rückwärtsgang und verneigte sich ehrerbietig.

Irgendwie würde die Zeit Master Bobs Problem lösen. Er würde seinen Sohn anerkennen, der eindeutig von ihm stammte, und die Mutter des Kindes heiraten. Im Herbst desselben Jahres würde Miss Clottie einen Nachbarn ehelichen und ihrem alternden Gemahl neun Monate später einen Erben schenken. Und Wally Pooley würde immer wieder verkünden, das Dinner am Tag vor dem Dreikönigsfest sei das beste Weihnachtsessen seines Lebens gewesen. Daß er in diesen Genuß gekommen war, schrieb er seiner Raffinesse zu. »Denn ich ergriff meine Chance, als sie sich bot«, vertraute er seinen Zechkumpanen mehrmals an. »Und ich lieferte die Vorladung keine Minute zu früh und keine Minute zu spät ab.«

Und damit hat sich's

Long Jason Lattally war nicht nur so groß wie ein Telefonmast, sondern auch so dünn wie eine Latte, eigentlich so dürr, daß man sich fragen mußte, warum er nicht von jedem Windstoß umgeworfen wurde. Weil er ein schmales Kinn, eine spitze Nase und keine nennenswerten Lippen besaß, wirkten seine Augen, Ohren und Wangenknochen überdimensional. Die Leute, die ihm zum ersten Mal begegneten, verkündeten erstaunt, so ein knochiges Gesicht nie zuvor gesehen zu haben.

Aber Kanonikus Coodle, der Gemeindepriester, drückte es anders aus. »Er hat ein sehr kultiviertes Gesicht«, erklärte er seiner Haushälterin. »Vielleicht ein bißchen zu kultiviert . . . Und eins müssen wir bedenken – Kultur ist eine Errungenschaft, die viele Menschen anstreben und nur wenige erreichen.«

Nach den Maßstäben der Gemeinde ging es Jason Lattally recht gut. Eine Zeitlang führte er den Familienbetrieb zusammen mit seinem Bruder. Aber dieser arme Kerl wurde vom Sturm hinweggefegt, als er eines Abends am

Ufer der Flußmündung unterhalb der Stadt entlangwanderte.

Zumindest glaubten die Leute, er wäre fortgeweht worden. Er hatte so ähnlich ausgesehen wie sein Bruder Jason, vielleicht noch ein bißchen dünner und vielleicht noch ein bißchen hungriger. Aber er war ein netter Bursche gewesen, und als man seinen Sarg zum Friedhof trug, runzelten viele Trauergäste bedauernd die Stirn.

Einige Monate nach seinem Abschied vom Land der Lebenden kaufte sich sein Bruder Jason einen neuen Anzug, ein neues Hemd und ein neues Paar Schuhe und ging auf Brautschau. Als er damit anfing, glaubte er, sein Vorhaben würde ihm keine Mühe bereiten. Nun war er der alleinige Besitzer eines kleinen, aber florierenden Lebensmittelladens. Das Geschäft war schuldenfrei, darüber lag eine bescheidene Wohnung, und es gab einen Hintereingang – für ein erfolgreiches Unternehmen an der Hauptstraße geradezu lebenswichtig. Zum Beispiel wurden Waren und Brennstoff durch den Hintereingang ins Haus befördert. Und durch dieselbe Tür ging Jason jeden Abend hinaus, um ein paar Gläser Malzbier zu trinken. Dabei entspannte er sich, und danach versank er in jenem Tiefschlaf, der ihn befähigte, jeden Arbeitstag frisch und munter zu beginnen.

Zunächst hatte er kein Glück auf der Suche nach einer Partnerin. Er war versucht, die Dienste eines Eheanbahnungsinstituts zu beanspruchen. Doch dann sagte er sich, wenn er nicht aus eigener Kraft eine Frau finden würde, verdiente er auch keine. Wie gründlich sich Long Jason Lattally irrte! Klügere Leute als er würden die Hand aufs Herz legen und schwören, daß ein Mann alle nur erdenkliche Hilfe brauchte, um eine geeignete Ehefrau aufzuspüren und zu erobern.

Allmählich verstrich die Zeit, und während das Ende des Jahres näherrückte, war Jason Lattally keinen Schritt weitergekommen. Dann erklärte ihm eine Nachbarin, die sein Problem kannte, er müsse nicht in die Ferne schweifen, wo das Gute doch so nahe liege. Immerhin habe er viele heiratsfähige Kundinnen, die – und das war am wichtigsten – einen Partner suchten.

Als Madame Lucia Palugi, die berühmte Wahrsagerin aus Dublin, für eine Woche in die Stadt kam und im vorderen Zimmer eines kleinen Hauses ihre Dienste anbot, beschloß Long Jason Lattally, dessen Laden ein paar Türen entfernt lag, ihr einen Besuch abzustatten. Sie war eine ziemlich fettleibige Lady von unbestimmbarem Alter, aber sie hatte den Ruf einer unfehlbaren Hellseherin erworben.

Aufmerksam studierte sie Jason Lattallys Handfläche und teilte ihm mit, seine Lebenslinie würde ihm das biblische Alter von hundertzwei Jahren bescheren. Außerdem sagte sie ihm auf den Kopf zu, daß er ledig sei. Er fragte, wieso sie das wisse. Statt zu antworten, berührte sie die Kristallkugel, die zwischen ihnen auf dem Tisch lag. So angestrengt er auch hineinspähte, er sah nichts.

Um so mehr erblickte die ruhmreiche Prophetin – nämlich zwei Frauen, eine große, dürre und eine kleine, rundliche. Auf diese Vision hingewiesen, gestand er verblüfft, er würde beide Frauen kennen. Sie seien Stammkundinnen von ihm, aber er habe sie nie als Heiratskandidatinnen betrachtet.

»Mag sein«, erwiderte Madame Palugi liebenswürdig und fügte hinzu, wenn sein Herz auch nichts empfinde – die beiden Damen würden ihm zweifellos sehr intensive amouröse Gefühle entgegenbringen. »Und eine der beiden«, fuhr sie fort, ohne eine Miene zu verziehen, »wird noch vor Weihnachten die Herrin Ihres Hauses sein. Denn in meiner Kristallkugel sehe ich zwei Beine, die Ihnen eindeutig nicht gehören und sich unter Ihren Küchentisch strecken. Ob es lange oder kurze Beine sind, läßt sich nicht feststellen. Und das Gesicht erkenne ich auch nicht, denn meine Kristallkugel hat sich etwas getrübt. Jedenfalls werden Sie die Besitzerin dieser Beine noch vor Weihnachten heiraten.«

Madame Palugi hatte gar nichts in ihrer Kristallkugel gesehen. Aber sie war gut informiert, denn die Besitzerin des Hauses, in dem die Wahrsagerin ihren Geschäften nachging, hatte ihr alles Wissenswerte über Long Jason Lattally erzählt, sobald er eingetreten war.

Während er im winzigen Wartezimmer saß, wurden seine Lebensgeschichte und seine romantischen Wünsche erörtert. Am Ende der Sitzung akzeptierte er die Tatsache, daß er vor Weihnachten eine der beiden Damen heiraten würde, die Lucia Palugi erwähnt hatte. Und nach einer schlaflosen Nacht entschied er sich für die große, dünne Alicia Mullally, da sie nicht ganz so unscheinbar aussah wie die kleine, rundliche Kandidatin und ein beträchtliches Vermögen besaß. Außerdem war sie eine tüchtige Geschäftsfrau und – falls sie ihrem guten Ruf gerecht wurde – eine exzellente Haushälterin.

Die kleine Elsie Bawnie konnte man als ernsthaft und fleißig bezeichnen. Auch ihr gehörten bemerkenswerte irdische Güter. Sie hatte einen gewissen Charme und entstammte einer Familie, die für ihre Ehrlichkeit bekannt war. Allerdings versteckten die Leute in dieser Gegend und zu jener Zeit ihr gesamtes Geld und ihre Wertsachen, wenn sie das Wort »Ehrlichkeit« vernahmen.

»Noch nie habe ich einen ehrlichen Mann getroffen, abgesehen von Kanonikus Coodle«, pflegte der Zigeuner Big Bob mit Vorliebe zu betonen. »Und keiner wird mir jemals über den Weg laufen. Selbst wenn ein Mann ehrlich ist, hat er sich infolge seiner physischen Neigungen bereits Versuchungen ausgesetzt, und man darf ihm nicht trauen.«

Eines Tages wagte sich Jason Lattally an Alicia Mullally heran, als sie gerade den Gemüseladen mit einer Tüte Vogelfutter verließ. In ihrer Verwirrung wußte sie nicht, ob sie lachen oder weinen sollte. Sie beugte ihren langen Oberkörper vor wie ein Reiher, der nach einer Sprotte schnappt, und sie wäre schnurstracks heimwärts geflattert, hätte Jason sie nicht ganz behutsam am Ärmel ihrer Kattunbluse gepackt und zurückgehalten. »Wollen Sie?«

»Will ich – was?« entgegnete sie, als hätte sie ihn nicht richtig verstanden.

»Wollen Sie mich heiraten?«

Da sie die Lippen zusammenpreßte, wiederholte er die

Frage, und sie konnte sich noch immer nicht entscheiden. Nicht zum erstenmal wurde ihr ein solches Angebot gemacht.

Früher hatte sie alle Anträge abgelehnt und ihren Entschluß mindestens zweimal bereut. Damals war sie sicher gewesen, die Gentlemen würden die Frage noch einmal stellen, und das hatten sie auch getan, aber nicht ihr.

Warum bittet er an einem so seltsamen Ort um meine Hand? überlegte sie. Weist das auf andere Abnormitäten hin? So etwas wäre sehr unangenehm . . . Wie alle Frauen wünschte sie sich einen verläßlichen Mann. Doch sie sagte nicht nein. Sie versuchte, sich seinem Griff zu entziehen, aber nur halbherzig. Und er hielt ihren Ärmel beharrlich fest. »Wollen Sie oder wollen Sie nicht?« fragte er.

Nun erkannte sie, daß sie eine positive Antwort geben mußte, denn er würde ihr keinen zweiten Antrag machen. Ihre Blicke trafen sich, und sie sah, wie ernst er es meinte. Inzwischen war er sogar bis zur Unkenntlichkeit erblaßt. Offenbar hatte er wochenlang seinen ganzen Mut zusammengenommen, ehe er an sie herangetreten war. Als sie zu sprechen begann, klang ihre Stimme sanft, und in ihren Augen lag ein mitfühlender Glanz. Sachte berührte sie die Hand, die ihren Ärmel umklammerte. »Kommen Sie doch einmal zu mir«, hauchte sie einladend. »Dies ist nicht der rechte Ort, um über eine Ehe zu reden.«

Da ließ er sie los und erklärte, er würde sie noch am selben Abend besuchen und auf ihr Jawort hoffen.

Blitzschnell sprach sich die Neuigkeit herum, und innerhalb einer Stunde war die ganze Straße informiert. Zwei Stunden später wußte die ganze Stadt, daß Long Jason Lattally an diesem Abend bei Alicia Mullally vorsprechen wollte. Man glaubte, sie würde den Antrag annehmen, aber erst nach langem Herumdrucksen, denn das war ihr angeboren.

»Sogar in Steckrüben finden Sie die Einflüsse eines bestimmten Erbes«, würde Big Bob sagen, »auch in der Klinge eines Beils, im Griff einer Sense«, würde er in seiner schlichten Art hinzufügen, »auf Ihrem Strohdach, in den Radspeichen Ihres Wagens.« Und er würde weiterreden, bis das Interesse seiner Zuhörer erlahmte.

Als Big Bob von Jason Lattallys Absichten erfuhr, kämmte er zunächst seine dichte weiße Mähne. Danach besuchte er seinen Freund Bertie Bawnie, den Vater der kleinsten Stadtbewohnerin, die jedoch keineswegs so klein war, daß sie nicht heiraten könnte. Elsie öffnete ihm die Tür.

Sehr klein, gewiß, sagte er sich, aber nicht häßlich.

Warmherzig wurde der Zigeuner begrüßt. So war sie erzogen worden. Er erinnerte sich an ihre verstorbene Mutter, die für ihre Großmut und Höflichkeit bekannt gewesen war. Diese Vorzüge hatte Elsie geerbt. Sie führte ihn durch die kleine Schweinemetzgerei in die noch kleinere Küche, wo ihr Vater am hellen Torffeuer döste, ein stämmiger kleiner Mann mit rundem, rosigem Gesicht. Beim Anblick des Besuchers stand er sofort auf, wies einladend auf einen Stuhl und bedeutete seiner Tochter mit geübten Gesten, die Whiskyflasche und Gläser zu bringen. Erst nach dem ersten, gemächlich konsumierten Drink begannen die beiden Männer zu sprechen.

»Was führt dich zu mir, mein Freund?« fragte Bertie Bawnie und füllte die Gläser nach.

»Ich will Elsie verkuppeln«, lautete die feierliche Antwort. Dann erläuterte der Zigeuner, worum es ging. »Soviel ich weiß, will Long Jason Lattally um Alicia Mullallys Hand bitten. Ich finde, die Tochter dieses Hauses würde viel besser zu ihm passen. Aber ehe ich was unternehmen kann, brauche ich die Erlaubnis der Tochter und ihres Vaters.«

Nun entstand ein ungemütliches Schweigen. Big Bob hatte bereits ein oder zwei Ehen gestiftet, allerdings nur in Zigeunerkreisen. Und im Grunde war er eher ein Berater als ein Kuppler. Natürlich kannte er die Eigenheiten des fahrenden Volks, die Schwächen und Tugenden heiratsfähiger Männer und Frauen, die ihm auf seinen regelmäßigen Reisen begegneten. Auch über die Herkunft und das Erbe potentieller Partner wußte er Bescheid, und er stellte sich stets zur Verfügung, wenn er von professionellen Heiratsvermittlern um wichtige Informationen gebeten wurde. Immer wieder schöpfte man aus dem reichen Schatz seines Wissens. Und wenn das Beraterhonorar seinen Vorstellungen entsprach, gab er seine Erkenntnisse gern weiter.

Vater und Tochter Bawnie reagierten unterschiedlich auf seinen Vorschlag, nach einem individuell verschiedenen Zeitraum – Elsie, indem sie die Gläser nachfüllte, sobald sie geleert waren, und Bernie, indem er fragte, ob Big Bob bereit wäre, die Interessen des Mädchens zu vertreten.

Ehe die Besprechung ein Ende fand, wurde eine Menge Whisky konsumiert. Bertie Bawnie meinte besorgt, vielleicht sei Long Jason Lattallys Antrag ja bereits angenommen worden.

»Das bezweifle ich«, erwiderte Big Bob. »Alicia Mullally kann sich nur schwer für irgendwas entscheiden. Sicher wäre sie schon seit Jahren verheiratet, hätte sie's nicht immer auf die lange Bank geschoben.«

Bertie Bawnie entgegnete, nach seiner Ansicht würden Alicia und Lattally heiraten, ehe die Weihnachtsglokken läuteten. Und das Weihnachtsfest stehe fast vor der Tür. »Also ist es zu spät«, seufzte er unglücklich.

»Keineswegs«, protestierte Big Bob. »Dies ist genau der richtige Zeitpunkt, um einzuschreiten. Wie ich erfahren habe, wird Long Jason seinen Antrag heute abend wiederholen.«

»Jetzt ist es acht.« Zum erstenmal ergriff Elsie das Wort, und Big Bob stellte fest, wie reserviert und subtil sie sich zu äußern wußte.

»Also, dann will ich gehen und mit Long Jason Lattally reden«, verkündete er dramatisch.

Elsie begleitete ihn zur Tür und drückte eine Zehnpfundnote in seine Hand. »Wenn du Erfolg hast, gibt's noch neunzig Pfund mehr«, versprach sie, »denn wenn ich Long Jason nicht kriege, nehme ich keinen. Er ist der einzige Lattally, der noch lebt, und ich bin die einzige von den Bawnies, außer meinem Dad.«

Während er seinen Mantel enger um die Schultern zog und die Straße überquerte, um das geplante Gespräch mit Long Jason zu führen, verzögerte die ferne, aber vernehmliche Stimme des letzten männlichen

Bawnies seine Schritte. »Auch ich gebe dir hundert Pfund, sobald du uns eine erfreuliche Nachricht bringst!«

Offensichtlich glaubten die Bawnies vorbehaltlos an die Fähigkeiten des Zigeuners. Dieses Vertrauen schenkten ihm nur wenige, und dazu gehörte erstaunlicherweise Kanonikus Coodle, der jedoch in manchen Situationen gewisse Zweifel hegte. Aber ein Glaube bleibt ein Glaube, ungeachtet seiner Beständigkeit. Big Bob wußte, daß Vater und Tochter sich voll und ganz auf ihn verließen, und diese Erkenntnis rührte sein Herz.

Oft genug hatte er in der Kirche die Worte gehört: »Der Glaube versetzt Berge.« Und diesen Bibelspruch nahm er sehr ernst.

Eines Abends hatte das fahrende Volk bei einer Feier am Lagerfeuer über Gott und die Welt philosophiert. Soeben waren der fröhlichen Schar die Getränke ausgegangen, und tragischerweise reichte der Inhalt sämtlicher Börsen nicht einmal für eine Flasche Malzbier. Big Bob erbot sich, eine Kneipe aufzusuchen und um Kredit zu bitten. Obwohl die meisten Wirte die Zigeuner nur ungern in ihren Schankstuben sahen, zeigten sie sich hin und wieder bereit, kleinere Summen anzuschreiben. Damals war er noch ein junger Mann gewesen, und seine Zuhörer hatten allein schon über den Gedanken gelacht, ein Gastwirt könnte ihm Kredit gewähren.

»Oh, ihr Ungläubigen!« rief er, worauf ein Skeptiker erwiderte, vom fahrenden Volk dürfe man keinen so unerschütterlichen Glauben erwarten wie von Leuten mit festem Wohnsitz. Das würden die Erfahrungen der Vergangenheit untermauern.

»Wie die Bibel sagt – der Glaube versetzt Berge«, argumentierte Big Bob, »und da steht nicht, was für eine Art von Glauben das ist. Also scheint mir, mein Glaube ist gut genug, um diese Aufgabe zu bewältigen.« Er hatte den Kredit tatsächlich erhalten. Aber er wußte noch immer nicht, ob er's seinem Glauben verdankte oder ob der Wirt betrunken gewesen war.

Als er nun an Long Jason Lattallys Tür klopfte, betete er um göttlichen Beistand. Beim Anblick seines Besuchers vermutete Jason, der Zigeuner würde ihn anbetteln, und zog eine Silbermünze aus der Hosentasche. Big Bob nahm das Geld entgegen und bedankte sich, erklärte aber, er sei nicht gekommen, um Almosen zu empfangen. »Wie ich höre, wollen Sie heiraten.«

Jason lachte. »Und was hat das mit Ihnen zu tun?«

»Wenn Sie mich einlassen, erzähle ich Ihnen alles.«

Der große Mann schaute auf seine Uhr, stellte fest, daß er noch eine knappe Stunde erübrigen konnte, und bat den Besucher ins Haus. Nachdem sie in der Küche Platz genommen hatten, sah sich der Zigeuner vergeblich nach etwas Trinkbarem um.

»Möchten Sie ein Glas Whisky?« Jasons knochiges Gesicht verzog sich zu einem Grinsen.

»Genau das brauche ich jetzt«, gestand Big Bob und leckte sich über die Lippen.

Long Jason füllte zwei Gläser. Normalerweise trank er nur im Wirtshaus – oder wenn er abends nach Ladenschluß allein zu Hause saß. So wie viele Nachbarn glaubte er, ein Drink, den man sich in der Einsamkeit seiner eigenen vier Wände gönnte, wäre nicht besonders riskant und würde keine allzu starke Wirkung ausüben. Aber diesmal entschloß er sich zu einer Ausnahme, um Mut zu fassen, ehe er um Alicia Mullally anhielt.

Eine Zeitlang nippten die beiden Männer an ihren Gläsern und tauschten Neuigkeiten aus. Die waren eher langweilig. Schließlich streckte Jason die Beine aus und erwartete eine Erklärung für den unvorhergesehenen Besuch. »Nun?«

»Nun . . .«, lautete die gedehnte Antwort, dann stand Big Bob auf und verschränkte die Hände hinter dem Rücken. »Ich bin gekommen, um Ihnen eine Frage zu stellen«, fuhr er feierlich fort. »Würden Sie ein lebenslanges Rendezvous mit Elsie Bawnie in Erwägung ziehen?«

»Ein lebenslanges Rendezvous . . .« Diese Formulierung hatte Jason noch nie gehört, und er dachte eine Weile darüber nach. Kein übler Ausdruck . . . »Und wer hat Sie beauftragt, mir diesen Vorschlag zu unterbreiten?«

»Das Mädchen, mit dem vollen Einverständnis des Vaters.«

»Ja, ich hab' schon geahnt, daß ihr so was vorschwebt.« Jason zupfte an seinem Kinn, und weil es so lang und spitz war, fürchtete Big Bob, der Mann könnte es abreißen.

»Daran besteht wohl kein Zweifel.« Big Bob setzte sich wieder. »Sind Sie interessiert?«

»Sie ist sehr nett, aber winzig klein. Und da ich ziemlich groß bin, würden wir uns lächerlich machen.«

»Nur am Anfang«, versicherte Big Bob. »Und später nur, wenn Sie sich beide zu voller Größe aufrichten. Nie wieder werden Sie eine so charmante Lady finden, die noch dazu genau weiß, wo ihr Platz ist. Sie würde einen Mann glücklich machen und ihm prächtige Kinder schenken.«

»Ja, ich weiß.« Jetzt fiel es Jason immer schwerer, sein Unbehagen zu verbergen. »Leider gibt's da ein Problem. Ich habe Alicia Mullally bereits um ihre Hand gebeten – das heißt, mehr oder weniger. Und heute abend erwartet sie mich.«

»Wenn Sie klug sind, lassen Sie die Frau warten«, erwiderte Big Bob in energischem Ton.

»Das kann ich nicht.«

»Wer wartet, wird erlöst, und wer hingeht, wird ausgenutzt.«

»Woraus ist das?«

»Aus dem Buch des fahrenden Volks, Kapitel zwei, Vers eins.«

»Aber Elsie Bawnie ist so klein, und ich bin so groß«, beharrte Jason.

»Und Alicia Mullally? Wärt ihr beide zusammen nicht viel zu groß? Außerdem ist's schädlich, wenn sich der Mann und die Frau gleichen. Eine gute Ehe braucht Gegensätze. Blond und dunkel, dick und dünn, gebeugt und aufrecht, groß und klein. Und diese hochgewachsene Dame könnte Sie ins Grab bringen, mein armer Freund. Die paßt wirklich nicht zu Ihnen.«

Wider Willen war Jason beeindruckt, aber er hielt trotzdem an seinem Entschluß fest. »Heute abend«, verkündete er und ballte die Hände, »erfülle ich die bedeutsamste Mission meines bisherigen Lebens. Ich werde mein Herz der Frau öffnen, die meine Söhne und Töchter zur Welt bringen soll. Und ich möchte viele bekommen. Hätte meine Mutter mehr Kinder geboren, stünde ich jetzt nicht allein auf der Welt. Verstehen Sie nun, wie wichtig es ist, daß ich meinen Plan ohne Zögern ausführe?«

»Noch nie habe ich die Pläne eines verliebten Mannes vereitelt«, beteuerte Big Bob und starrte ins Herdfeuer. »Aber Sie könnten sich ins Unglück stürzen, und mein Gewissen verbietet mir, tatenlos mit anzusehen, wie Sie Ihr Leben zerstören.«

»Was meinen Sie?« Mit jeder Minute wuchs Jasons Sorge.

»Haben Sie schon mal überlegt, wo es in dieser Gegend am windigsten ist?« Nun war Big Bob Herr der Lage, auf diesem Terrain fühlte er sich unbesiegbar, und er würde seinen Vorteil nach besten Kräften nutzen.

»Am windigsten?« Jason runzelte verwirrt die Stirn, beschloß aber, trotzdem zu antworten. »Angeblich am rechten Ufer der Flußmündung, etwa eine Meile hinter der Brücke.«

»So windig, daß die Haare flattern?« fragte Big Bob.

»Noch windiger«, entgegnete Jason prompt.

»So windig, daß einem die falschen Zähne aus dem Mund fliegen können?«

»Noch windiger«, behauptete Jason entschieden.

»Windig genug, um einen Mann davonzuwehen?«

»O ja. Und wer wüßte das besser als ich armer Mann, der seinen einzigen Bruder in einem heftigen Südweststurm verlor? An diesem Ufer ging er spazieren, seiner

Gesundheit zuliebe.« Kummervoll schüttelte Jason den schmalen Kopf, und wegen der senkrechten Form seiner Wangen rollten die Tränen ungehindert hinab. Sie fielen auf seine frischgeputzten Schuhe, auf den Boden, und weil er unentwegt den Kopf schüttelte, landeten sie zischend im Herdfeuer.

Als er lange genug geweint hatte, ergriff er die Whiskyflasche und füllte die Gläser nach. Doch er setzte seinen Drink nicht an die Lippen, ohne den schmerzlichen Verlust erneut zu beklagen.

Es liegt in der Natur dieses Mannes, unablässig zu jammern, dachte Big Bob, und es wäre sinnlos, ihn zu bitten, damit aufzuhören, denn alle seine Ahnen haben wegen jeder Kleinigkeit ihre melancholischen Stimmen erhoben.

Endlich verstummte Jason und trank auf das Gedenken seines toten Bruders. Auch Big Bob leerte sein Glas und meinte, man müsse es wirklich bedauern, daß der Sturm einen solchen Mann davongeweht habe, obwohl es gar nicht nötig gewesen sei.

»Was heißt das?« fragte Long Jason.

»Was?« entgegnete Big Bob unschuldig.

»Soeben sagten Sie, es sei nicht nötig gewesen, daß der Sturm ihn davongeweht habe.«

»So?« rief Big Bob erstaunt. »Ach ja, das sagte ich.«

»Erklären Sie mir das.« Jasons Bitte stieß auf geneigte Ohren.

»Was hält ein Schiff im Zaum, wenn der Sturm tobt und der Wind heult? Denken Sie gut nach, bevor Sie antworten.« Nun befand sich Big Bob wieder auf vertrautem Terrain.

»Was ein Schiff festhält? Natürlich der Anker.«

»Und wer ist der letzte, der in einem solchen Tauziehen nachgeben wird?« Big Bob stand auf, hob seine Frackschöße und wärmte seinen Hintern am Herdfeuer.

»Natürlich der Mann am Ende des Taus«, erwiderte Jason. Allmählich fand er Gefallen an diesem Frage- und Antwortspiel – insbesondere, weil die Antworten so mühelos über seine Lippen kamen. Zuversichtlich wartete er die nächste Herausforderung ab.

»Was hielt Ihren Bruder fest, als er davongeweht wurde?«

»Gar nichts.«

»Und wenn ihn irgend etwas festgehalten hätte, glauben Sie, er wäre davongeflogen?«

»Das müßte etwas Stabiles gewesen sein.«

»Etwas sehr Stabiles.« Das leere Glas in der Hand, wanderte Big Bob in der Küche umher und stellte es auf einem Sims über dem Herd ab. »Meinen Sie, eine lange dürre Dame an seiner Seite hätte ihn festhalten und vor dem Sturm retten können?«

»Sicher nicht«, lautete die verächtliche Antwort.

Nun stand Big Bob mitten in der Küche, die Hände wie ein Advokat gefaltet. »Wäre es nicht wahrscheinlich, daß der Sturm eine solche Gefährtin ebenso mitgerissen hätte wie Ihren Bruder?«

»Zweifellos«, bestätigte Jason. »Jeder Mann, der mit einer solchen Frau am rechten Ufer der Flußmündung spazierengeht, sollte seinen Geisteszustand untersuchen lassen.«

»Würden Sie mit einer solchen Frau am erwähnten Ufer spazierengehen?« Big Bob neigte sich über den großen

Herd und spähte in den Abzug, der dringend einer Reinigung bedurfte. Wenn er auch kein Schornsteinfeger war, so vermochte er doch eine Leiter festzuhalten, gegen ein geringfügiges Honorar. Doch mit dieser Möglichkeit wollte er sich später befassen.

»Niemals würde ich mit einer solchen Frau am rechten Ufer der Flußmündung spazierengehen.«

»Nun, es gibt andere windige Gebiete«, fuhr Big Bob fort, um seinen Vorteil auch richtig auszunutzen. »Und wo immer Sie sind, Sie müssen überall mit unerwarteten Windstößen rechnen. Falls Sie mit einer großen und dünnen und leichten und gebrechlichen und schwachen Frau wie Alicia Mullally spazierengehen, setzen Sie Ihr Leben aufs Spiel. Nun nehmen wir einmal an, Sie unternehmen eine Wanderung mit Elsie Bawnie, plötzlich frischt der Wind auf, und Sie gehen gerade am rechten Ufer der Flußmündung entlang. Nirgendwo gibt es einen Zufluchtsort. Was tun Sie? Das will ich Ihnen sagen. Sie halten sich an Elsie Bawnie fest, denn kein Sturm würde sie jemals davonblasen. Einen Orkan, der sie hinwegfegen würde, müßte der Himmel erst erfinden. Die kleinen Böen, die vom schäumenden Meer heranbrausen, dürfen wir vergessen. Sollen sie rasen und toben, Elsie Bawnie würde keinen Zentimeter von der Stelle weichen. Darauf verwette ich meinen Hut und meinen Frack und meine alte schwarze Stute mit der geflochtenen, bebänderten Mähne und meinen bemalten Wohnwagen. Dies alles sehe ich vor meinem geistigen Auge. Ich beobachte, wie Sie sich mit der langen dünnen Frau gegen die Gewalt des Sturmes stemmen und nirgendwo Halt finden. Eben waren Sie noch da, und in der nächsten Sekunde sind Sie verschwunden, für immer davongetragen von der Wucht des Unwetters, über die Landspitze und einen aufgewühlten Ozean hinweg, zu unbekannten Ländern. Nie wird man Sie wiedersehen, und der Allmächtige möge Ihnen in Seiner Gnade vergeben, im Namen des Vaters, des Sohnes und des Heiligen Geistes. Und jetzt sehe ich Sie in einer anderen mißlichen Lage. Der Wind versucht, Sie emporzuheben wie einen Papierdrachen. Und wer kommt plötzlich des Weges? Ich frage Sie. Antworten Sie mir! Wer kommt des Weges?«

»Elsie Bawnie!« schrie Long Jason Lattally so laut, als hätte ihn die Macht eines Südweststurms inspiriert.

»Sie nimmt Ihre Hände.«

»Sie nimmt meine Hände.«

»Sie hält Sie fest.«

»Sie hält mich fest.«

»Sie schlingt ihre Arme um Ihre Beine.«

»Sie schlingt ihre Arme um meine Beine.«

»Sie führt Sie nach Hause und bringt Sie in Sicherheit.«

»Sie führt mich nach Hause und bringt mich in Sicherheit.«

»In Ihr warmes Bett.«

»In mein warmes Bett.«

»Und sie umsorgt Sie mit all ihren heiligen Kräften.«

»Und sie umsorgt mich mit all ihren heiligen Kräften.«

»Für immer und ewig, amen.«

»Für immer und ewig, amen.« Jason Lattally schwang seine langen knochigen Arme empor. »Für immer und ewig!« rief er, stieß seinen Mentor beiseite, stürmte zur Tür hinaus und holte erst wieder Luft, als er dieselben langen, knochigen Arme um Elsie Bawnie wand. Sobald er atmen konnte, machte er ihr einen Heiratsantrag, den sie mit Freuden annahm.

Ein wenig erschöpft von seinen kupplerischen Aktivitäten, ergriff Big Bob die Whiskyflasche, die einladend auf dem Küchentisch stand. Er hob sie an die Lippen und trank in langen Zügen, bis seine Kräfte zurückkehrten. Dann setzte er sich und schmiedete Pläne. Nun gibt es viel zu tun, sagte er sich, und so manche Münze zu verdienen, wenn ich meine Karten richtig ausspiele. Noch vor dem Ende dieser Nacht werde ich den Trumpf in Händen halten, nicht nur einmal, sondern sehr oft. Dann gönnte er sich noch ein Viertelstündchen in Gesellschaft der Whiskyflasche, bevor er seine weiße Mähne kämmte und seine äußere Erscheinung ordnete.

Fünf Minuten später stand er in Alicia Mullallys Küche. Sein Anblick überraschte sie, denn sie hatte eine andere Person erwartet, und das verhehlte sie nicht.

»Ich besuche Sie im Auftrag von Bertie Bawnie«, verkündete er mit der ganzen Autorität, die er aufzubieten vermochte, »eines Mannes, der Sie aufrichtig liebt, der alle Ihre Wünsche erfüllen und Ihnen sein ganzes Geld geben wird. Wenn er auch von kleiner Gestalt ist – stünde er auf dem Gipfel seines Geldhaufens, wäre er der größte Mann in der Stadt.« Dann wies er Alicia Mullally ebenso wie vorhin Long Jason Lattally auf die Gefahren bösartiger Stürme hin, die ihren großen, dünnen Opfern überall auflauerten. Als er verstummte, bat sie ihn, dem kleinsten Mann von der Stadt, dem Anker aller Anker, Bertie Bawnie, ihre innige Liebe zu gestehen.

Beglückt von der Aussicht auf weitere hundert Pfund, traf Big Bob in Bertie Bawnies Haus ein. Der arme Mann saß am Feuer und beklagte die baldige Trennung von seiner Tochter, die sich soeben bereit erklärt hatte, Long Jason Lattally noch vor Weihnachten zu heiraten.

Big Bob rückte einen Stuhl heran und streckte seinen Beine dem Feuer entgegen. Langsam und melodisch, denn ein solches Timbre zeichnete seine sonore Stimme aus, erwähnte er die diversen Vorzüge einer hochgewachsenen, geschmeidigen, anschmiegsamen Frau wie Alicia Mullally.

Mit poetischen Worten schilderte er, wie das Paar, das ihm vorschwebte, am rechten Ufer der Flußmündung entlangwanderte. Am Himmel flogen die Wildgänse in stattlichen Scharen zu ihren Jagdgründen, während ringsum Seevögel krächzten und schrien. Er sah die beiden Hand in Hand ins rötliche Licht der sinkenden Sonne schlendern, und plötzlich zogen aus Südwesten große schwarze Sturmwolken heran. Innerhalb weniger Sekunden brach die Hölle los. Alles, was nicht niet- und nagelfest war, flog davon – alles außer Bertie Bawnie. Und als der gewaltige Westwind die hilflose Alicia erfaßte, um sie in unbekannte Ferne zu tragen, umschlang ihr kleiner stämmiger Partner ihre Taille und bewahrte sie vor einem Grab in der Wassertiefe. Big Bob redete und redete, erfand immer neue bedrohliche Situationen, wo der kleine stämmige Partner stets zur Stelle war, wenn er gebraucht wurde.

Nachdem er eine ganze Stunde lang geschwatzt hatte, lag Bertie Bawnie auf den Knien und flehte den König des fahrenden Volkes an, in seinem Namen bei Alicia Mullally vorzusprechen. Big Bob verkündete, dies habe er bereits erfolgreich erledigt. Da tanzte Bawnie auf dem Küchentisch, sprang wie ein Hirsch über alle Stühle hinweg – angesichts seiner geringen Körpergröße eine beachtliche Leistung. Bereitwillig bezahlte er die versprochenen hundert Pfund für die Hochzeit von Long Jason Lattally und seiner Tochter Elsie und weitere hundert Pfund für seine eigene Vermählung mit der überglücklichen Alicia Mullally, die demnächst stattfinden sollte.

Während Big Bob auf unsicheren Beinen heimwärts ging, landeten die ersten Schneeflocken auf seinen breiten Schultern. In dieser Nacht hatte er großartige Erfolge erzielt. Und dabei wäre er niemals auf den Gedanken gekommen, sich kupplerisch zu betätigen, hätte sein alter Freund, der gute Kanonikus Coodle, im letzten Herbst nicht beklagt, daß die Bevölkerung der Gemeinde sich verringern und womöglich bald aussterben würde, wenn die Zahl der Eheschließungen nicht ansteige.

»Seit drei Wochen habe ich kein Kindchen mehr getauft«, erzählte Kanonikus Coodle betrübt, »und wie ich einer diskreten Umfrage entnehme, wird sich in den nächsten Wochen nichts daran ändern.«

Solche Umfragen pflegten die Haushälterin und der Sakristan des Priesters durchzuführen. Wie er aus Erfahrung wußte, konnten die beiden aus verläßlichen Informationsquellen schöpfen.

In seiner Bescheidenheit verriet Big Bob dem Kanonikus nichts von seinen Bemühungen, die dem Wohl der Gemeinde dienten. Genügte ihm der Lohn seiner guten Taten nicht? Und war er nicht um ein paar hundert Pfund reicher als zu Beginn des Abends?

Er hob seinen Löwenkopf, um die Winterluft einzuatmen, und dankte seinem Schöpfer für den zweifachen Sieg an der Kupplerfront. Bald würde man in diesen Straßen wieder Babygeschrei hören, aber erst einmal die Hochzeitsglocken und dann, nach dem Vollzug der beiden jungen Ehen, die fröhlichen Weihnachtsglocken.

Weihnachtskräche

Zu Weihnachten wird öfter gestritten als zu jeder anderen Jahreszeit. Man streitet zwar nicht so ausdauernd wie sonst, aber dafür viel intensiver. Natürlich verfechte ich die Theorie, daß kein Haushalt ohne gelegentliche Explosionen glücklich werden kann.

Damit meine ich nicht die Freuden der Versöhnung, die ihre eigenen Vorzüge aufweist, sondern den Abzug jener widerlichen Gase, die sich in langen, ruhigen, friedlichen Phasen bilden. Selbstverständlich spreche ich auch von unterdrückten Gefühlen und Stimmungen, die sich im Lauf der Zeit verschlechtern, vom Auf und Ab der Emotionen, das die menschliche Seele unentwegt bestürmt. Wenn solche Empfindungen kein Ventil finden und unnötigerweise unterjocht werden, verwelkt der menschliche Geist. Vibrierende, vitale Beziehungen stagnieren unweigerlich, und die Partner genießen niemals jene Konfrontationen, die das Herz erwärmen und die Luft reinigen und unabdingbar sind, um den menschlichen Kreislauf erfolgreich in Gang zu halten.

Um die Weihnachtszeit neigen die Leute dazu, sich

besonders nett zu benehmen, und das führt automatisch zu Gefühlsausbrüchen. Ein allzu sanftmütiges Verhalten ist unnatürlich, denn es bezähmt die Bosheit, die in uns allen lauert, ein paar Heilige ausgenommen.

Wenn sich diese Bosheit nicht regelmäßig abreagiert, gibt es zwei mögliche Konsequenzen – Stagnation oder Gewalt, und erstere ist fast noch schlimmer als letztere, denn ein stagnierendes Heim ist kein Heim und eine stagnierende Ehe Gottes grausamster Fluch. Deshalb gehört ein gelegentliches Wortgefecht zu jeder guten Ehe.

Zur Weihnachtszeit ist das durchschnittliche männliche Familienoberhaupt am gefährlichsten. Fast immer ist es dieser Kerl, der an seinen Gewohnheiten festhält und sich nach den Exzessen des Weihnachtstages in aller Ruhe hinlegen möchte. Am besten führt man so einen Weihnachtsinvaliden in ein abgelegenes Zimmer und hängt ein Schild mit der Aufschrift »Bitte nicht stören« an die Tür.

Sollte er plötzlich infolge einer zufälligen Störung erwachen, wäre es ein kluger Schachzug, die Nähe des Raums zu meiden, in dem er sich ausruht.

Fast ebenso gefährlich sind ältere Ehefrauen, die den ganzen Tag beansprucht und deren Dienste schon viel zu lange für selbstverständlich gehalten wurden. Hier liegt das Problem in unvorhersehbaren Szenen, denn die weibliche Natur neigt zum stillen Leid und kündigt jene Wutausbrüche nicht an, die sich irgendwann in jedem respektablen Haushalt ereignen.

Wenn die versklavten Hausfrauen explodieren, sollten Außenseiter das Weite suchen und abwarten, bis sich der Sturm gelegt hat.

Glücklicherweise sind weihnachtliche Wutanfälle, ob

männlicher oder weiblicher Provenienz, nur von kurzer Dauer. Bis zu einem gewissen Grad sollten sie sogar gefördert werden, zum Wohle der betreffenden Person und der ganzen Familie. Einen der gräßlichsten Weihnachtskräche erlebte ich in der Straße, in der ich zur Welt gekommen war, und zwar kurz vor dem Weihnachtsdinner. Nennen wir die beiden Tom und Mary.

Tom saß vor dem Kaminfeuer, nippte an einem Glas Whisky, und Mary nippte an einem Glas Sherry, so wie es sich in jenen Tagen für die Frauen gehörte.

»Willst du zum Truthahn Erbsen oder Bohnen essen?« fragte sie höflich.

»Das ist mir egal«, antwortete er ebenso liebenswürdig.

»Sei so nett und entscheide dich jetzt, denn ich habe nicht den ganzen Tag Zeit«, bat Mary, die seit dem Morgengrauen unzählige Haushaltspflichten erfüllt hatte.

»Aber es ist mir wirklich egal«, beharrte Tom.

»Verdammt, wirst du nun endlich deine Wahl treffen?« fauchte sie, worauf er erklärte, was sie mit den Erbsen und Bohnen tun könne, worauf sie ihn einen undankbaren Schuft nannte, worauf er sein Glas zu Boden schleuderte, worauf sie einander eine Viertelstunde lang gnaden- und pausenlos beschimpften, worauf sie sich erschöpft in die Arme sanken, worauf alles wieder in Ordnung war. Statt Erbsen oder Bohnen aßen sie zusammen Erbsen und Bohnen und feierten ein glückliches Weihnachtsfest.

Das letzte Weihnachtsgeschenk

Zwischen den Zwillingen Wally und Carl Hern bestand nicht die geringste Ähnlichkeit. Wally war um einige Zentimeter größer, viel schwerer – und ein umgänglicher Bursche, seit er gehen konnte, im Gegensatz zu seinem reizbaren Bruder.

Während Wally weiche, gleichmäßige Züge besaß, wirkte Carls Gesicht kantig und fast abweisend.

Carl hatte eine ungewöhnlich lange Nase und ein spitzes, vorspringendes Kinn, das einen scharfen Kontrast zu Wallys sanft gerundeten Konturen bildete.

Träge und langsam schlenderte Wally dahin, Carl steuerte seine Ziele entschlossen und unbeirrbar an. Wally kleidete sich achtlos, Carl überaus penibel.

Im Temperament kamen die Unterschiede zwischen den beiden noch deutlicher zum Vorschein. Wally war ein netter Kerl, kaum aus der Ruhe zu bringen, leicht zu beschwichtigen. Hingegen geriet Carl sehr schnell in Wut, wartete ständig auf Affronts, und die harmlosen Hänseleien seiner Schulkameraden beleidigten ihn zutiefst. Die Vergeltung erfolgte augenblicklich und schmerzhaft. Mit seinen Fäusten konnte er sehr gut umgehen. Dazu kam noch die hoch aufragende Gestalt seines Zwillingsbruders, der im Hintergrund über ihn wachte, und deshalb war es nicht erstaunlich, daß er keinen einzigen Kampf verlor.

Von Kindesbeinen an wunderte sich Carl über das heitere Naturell seines Bruders, dessen freundlichen Umgang mit alten oder jungen Leuten. Und er verstand nicht, wie mühelos Wally alle Kränkungen abschüttelte, die er selbst unerträglich fand. Diese Verblüffung verwandelte sich unweigerlich in Ärger und schließlich in Neid, was zunächst nur im verborgenen schwelte. Dafür sorgte Maisie, die umsichtige, vernünftige Mutter der beiden.

Sie hatte noch fünf andere Kinder, und die Zwillinge waren die ältesten. Während ihres zehnten Lebensjahrs verschwand der Vater im Londoner East End, wo er angeblich zu einer anderen Frau zog. Maisie Hern versuchte nicht, ihren Gatten aufzuspüren oder an seine Verantwortung zu erinnern. Das ließ ihr Stolz nicht zu. Außerdem widerstrebte es ihr, einen Mann gegen seinen Willen festzuhalten. Und so machte sie das Beste aus der Situation.

Bald fand sie heraus, was die finstere Miene und das kaum unterdrücke Gemurmel des kleineren Zwillings bedeuteten. Beide Ausdrucksformen beobachtete sie, wann immer Wally von Nachbarn und anderen Leuten gelobt wurde. Und die Gefahr, die sich hinter Carls Fassade verbarg, machte ihr angst. Schließlich verhehlte er seinen Groll nicht mehr, wenn irgend jemand Wallys Vorzüge pries.

Eines Abends entlud sich die Wut in einem tätlichen Angriff, und es kam zu einer wilden Keilerei. Schokkiert und hilflos schaute Maisie zu. Zunächst glaubte sie, der stärkere Wally müßte sich den leidenschaftlichen und treffsicheren Fausthieben des kleineren Bruders beugen.

In der Anfangsphase steckte er mehrere Schläge ein und verteidigte sich nur. Und im Grunde wollte er auch gar nichts anderes tun. Doch als Carls Zorn nach der ersten mörderischen Offensive verebbte, siegte die überlegene Kraft des größeren Zwillings.

Carl klammerte sich verzweifelt an den Bruder, denn er wußte, daß er sonst bewußtlos am Boden landen würde. Unerbittlich schob Wally ihn auf Armeslänge von sich und holte mit einer geballten Hand aus, um den Angreifer zu züchtigen. Aber dann beherrschte er sich, und sein Körper erschlaffte ebenso wie die Finger, die Carl gepackt hatten. Er öffnete die Faust, starrte sie erstaunt an und fragte sich, wieso sie überhaupt entstanden war.

Um seine Chance zu nutzten, startete Carl eine letzte Attacke, doch er hatte keine Kraft mehr. Erfolglos verausgabte er sich, bis er notgedrungen am Tisch Halt suchte. Wally wischte sich das Blut aus dem Gesicht und reichte den Lappen seinem Bruder, ehe er seelenruhig schlafen ging.

In kurzer Zeit sprach sich herum, was geschehen war. Maisie Hern mußte sich irgend jemandem anvertrauen. Und wer würde sich besser eignen als der Nachbar, nachdem ihr Mann sie verlassen hatte? Was der Kampf bedeutete, wußte sie nur zu gut. Wally hatte bewiesen, daß er Carl ohne physische Dominanz zähmen konnte. Auf Anraten des Nachbarn kaufte sie den beiden Boxhandschuhe und zeigte ihnen, wie man damit umging.

Nach dieser ersten Konfrontation kämpften sie noch sehr oft, aber nie mehr im stillen Kämmerlein. Von Maisie ermutigt, vervollkommneten sie ihre Fähigkeiten, und bald waren sie in Pubs und Clubs sehr gefragt. Wann immer ein Boxturnier in der Nähe stattfand, nahmen sie besondere Plätze auf der Teilnehmerliste ein. Wally gewann nie oder schien nie zu gewinnen, was ihn nicht störte. Wenn sie geboxt hatten, gab's immer einen Beutel mit Süßigkeiten oder Obst. In seinem Herzen wußte er, daß er Carl den Vortritt lassen mußte. Es war die einzige Möglichkeit, den wahnwitzigen Neid des Bruders zu bändigen.

Niemand konnte wissen, wozu die Eifersucht des kleineren Bruders ohne die Genugtuung führen mochte, die ihm seine öffentlichen Siege verschafften. Stets folgten die Kämpfe einem bestimmten System. Im Gegensatz zum ersten Konflikt neben dem Küchentisch war es Wally, der zunächst triumphierte. Natürlich wurde er ausgebuht. Immerhin war er fast doppelt so groß wie sein scheinbar kühnerer, beherzterer Gegner. Carl täuschte programmgemäß eine Verletzung vor und ließ sich im Ring herumschubsen. Manchmal wurde er sogar angezählt, während sich die Zuschauer heiser schrien, um ihn aufzumuntern.

Am Ende der ersten Anderthalb-Minuten-Runde forderte der Teil des Publikums, der das Ritual nicht kannte, den Ringrichter auf, den Kampf abzubrechen. Die zweite Runde war eine Wiederholung der ersten, und Carl schien unzählige gnadenlose Treffer einzustekken. Mitten in der dritten und letzten Runde riß sein wilder, unerwarteter Angriff die Zuschauer von den Sitzen.

Aus allen erdenklichen Positionen drosch er auf Wally ein, in blitzschnellen Kombinationen, die das Auge kaum verfolgen konnte. Während der größerer Zwilling unter dem Hagel der unermüdlichen Fäuste wankte, tobte der ganze Saal. Schließlich brach er zusammen, konnte nicht mehr aufstehen, wurde ausgezählt, und die Menge kreischte hysterisch. Carl strahlte übers ganze Gesicht, wenn der Ringrichter seine Hand packte und hochriß. Die Schläge hatten zwar ihre Wirkung nicht verfehlt, übten aber keine nachhaltige Wirkung auf Wally aus. Geduldig lag er am Boden, bis ihn ein Betreuer in seine Ecke schleppte. Solange Carl seine Siege feierte, würden daheim Ruhe und Frieden herrschen. Das wußte Wally, und deshalb spielte er gern die Rolle des Verlierers. Er fürchtete nur, diese Form der Konfrontation würde irgendwann nicht mehr genügen, und er hoffte von ganzem Herzen, ein solcher Tag würde niemals anbrechen. Doch er mußte seine Hoffnung begraben.

Die Zeit verstrich, und mit der Pubertät kam die Erkenntnis, daß die Boxkämpfe aufhören mußten. In letzter Zeit hatten sie ohnehin meistens mit einem Unentschieden geendet. Außerdem durften nur Kinder an diesen Spezialturnieren teilnehmen, und die Zwillinge waren keine Kinder mehr.

Trotz der finanziellen Schwierigkeiten schickte Maisie

beide Jungen auf die Realschule. Alles ging gut – bis sie ein Referat schreiben mußten. Unglücklicherweise bekam Wally die bessere Note. Keiner der beiden zeichnete sich besonders aus. Aber da Wally besser abgeschnitten hatte als sein Bruder, erwachte seine alte Angst von neuem, ebenso wie die Sorge der Mutter.

Allzulange mußten sie nicht warten. Einen Tag nachdem die Zensuren bekanntgegeben worden waren, schwänzte Carl die Schule. Von da an trieb er sich noch oft auf den Straßen herum, während Wally immer neue Ausreden erfand, um die Abwesenheit seines Zwillingsbruders zu entschuldigen.

Beim nächsten Referat änderte sich die Situation. Wally hatte dafür gesorgt. Diesmal bekamen beide Jungs schlechte Noten – so miserable, daß Vater Ambrose, der Schuldirektor, ihrer Mutter erklärte, es wäre wohl besser, wenn sie eine Lehre absolvierten. Als verlassene Ehefrau nahm Maisie die gleiche Position wie eine Witwe ein, ohne männlichen Schutz. Nur mühsam konnte sie zwei Geschäftsleute überreden, ihre Söhne aufzunehmen.

Carl ging bei einem Installateur in die Lehre, Wally bei einem Tischler. Bald machte er sich zu Hause nützlich, und er bewies von Anfang an, wie gut er mit den verschiedenen Holzarten umzugehen verstand. Auch Carl entwickelte erfreuliche Fähigkeiten, bekam aber keine Gelegenheit, dies zu zeigen. Unweigerlich wurde er wieder von Neid und Eifersucht geplagt. Wally verzichtete klugerweise auf weitere Verschönerungen seines Heims und sprach nie mehr von seinem Job.

Schließlich beendeten die Zwillinge ihre Lehre und wurden von ihren Lehrherren eingestellt. Und dann ereignete sich der Zwischenfall mit dem Windhund. Wallys Chef züchtete in seiner Freizeit Jagdhunde. Wie jeder Mann, der sich für ein Hobby begeistert, suchte er Gleichgesinnte. In Wally glaubte er einen idealen Partner zu finden, und deshalb schenkte er dem Jungen am letzten Tag der Lehrzeit einen jungen schwarzen Hund.

Um sich nicht übertrumpfen zu lassen, ging Carl mit seinen Ersparnissen zu einem anderen Züchter und kaufte einen weißen Hund, der einen untadeligen Stammbaum aufwies. Offensichtlich hatte dieses Tier bessere Aussichten auf eine erfolgreiche Jagdkarriere, viel mehr Stil und Klasse als Wallys Hund.

Beide nahmen an der alljährlichen Hetzjagd teil, und Carls Hund startete als Favorit. Am Ende des Tages hatte er sich mühelos bis ins Finale vorgekämpft. Auch Wallys Schützling erreichte dieses Ziel, aber man gab ihm keine Chancen gegen den leichtfüßigen, hochgezüchteten Kontrahenten.

Da griff Wallys Chef ein. Aus langjähriger Erfahrung wußte er, wie man die müden Finalisten behandeln mußte, und so nahm er sich des kaum beachteten schwarzen Windhunds an. Er massierte ihm den Rücken und die Schultern, mit kraftvollen Händen, bis die Lebensgeister des erschöpften Tiers wieder erwachten. Dann zog er eine Flasche mit einer stimulierenden Tinktur aus der Hosentasche und rieb die Pfoten ein. Ein paar Tropfen strich er auch ins Maul.

Der Hund prustete. Nachdem der Hund eine Zeitlang

geprustet hatte, hob er den Kopf, spitzte die Ohren und war fürs nächste Rennen gewappnet.

Um den Rat seines Chefs zu befolgen, ignorierte Wally die ersten drei Aufrufe und führte seinen Hund erst an den Start, als ihm die Disqualifikation drohte. Inzwischen tänzelte Carls Hund nervös umher, winselte ungeduldig und konnte es kaum erwarten, den losgelassenen Hasen zu hetzen. Je länger er am Start festgehalten wurde, desto eher würden seine Kräfte während der Jagd erlahmen. Diesen alten Trick wandten viele Hundehalter an, um ihren Schützlingen längere Erholungspausen zu verschaffen.

Der schwarze Hund trug eine weißes Halsband, der weiße ein rotes. Sobald sie von der Leine gelassen wurden, waren sie unzertrennlich. Seite an Seite rasten sie hinter dem großen, starken Hasen her, den man für das Finale geschont hatte. Nach der Hälfte der Strecke kamen sie bis auf eine Hundelänge an den Flüchtling heran. Der weiße Finalist schien die Oberhand zu gewinnen. Aber der schwarze übertraf sich selbst, und schließlich hatte er die Nase vorn. Mühelos nahm er den unglücklichen Hasen zwischen seine mächtigen Fänge. Innerhalb weniger Sekunden wurde das Tier von beiden Hunden grausam zerfetzt. Der schwarze hatte gesiegt und den Hasen nach allen Regeln der Kunst getötet.

Wenn Carls düstere Miene eine bittere Enttäuschung ausdrückte, dann verriet Wallys Blick kalte Angst. Erleichtert atmete er auf, als Carl ihm gratulierte. Doch die Galgenfrist währte nicht lange. Wally wußte, was sein Erfolg bewirken würde, und er verfluchte sich selbst, weil er seinem Chef gestattet hatte, die Regie zu übernehmen.

Als er am nächsten Morgen den Zwinger betrat, um seinen Hund auszuführen, sah er ihn in einer Blutlache liegen, mit durchschnittener Kehle. Ohne irgend jemanden zu verständigen, holte er einen alten Kohlensack und steckte das tote Tier hinein. Er warf ihn über die Schulter, ging auf Umwegen zum nahen Fluß, zu einer besonders tiefen Stelle, und vergewisserte sich, daß ihn niemand beobachtete. Am Ufer legte er ein paar Steine zum grausigen Inhalt des Sacks und schleuderte ihn weit hinaus, in dunkle Wassertiefen. Dann kehrte er in den Zwinger zurück und beseitigte alle Blutspuren. Anschließend eilte er nach Hause und setzte sich an den Küchentisch, wo seine Mutter, Carl und die restliche Familie gerade frühstückten.

»Wie geht's dem Hund?« fragte die Mutter.

»Offenbar ist er weggelaufen«, antwortete Wally.

»Weggelaufen?« wiederholte die Mutter. »Warum denn?«

»Keine Ahnung. Jedenfalls ist er verschwunden.«

»Vielleicht wurde er gestohlen.«

»Möglich.«

In diesem Augenblick stand Carl auf. Wortlos verließ er die Küche, da erriet Maisie Hern die Wahrheit.

Kurz danach verkaufte Carl den weißen Windhund an einen ortsansässigen Trainer. In stiller Übereinkunft wurde keiner der beiden Hunde jemals wieder erwähnt. Die Leute im Zwinger akzeptierten das Verschwinden des schwarzen Hundes. Nicht zum erstenmal war ein vielversprechender Windhund gestohlen worden, und er würde auch nicht der letzte sein. Um diese Zeit beschloß

Wally, sein Heim zu verlassen – nicht nur wegen des Tiers, das grausam abgeschlachtet worden war. Dazu kamen noch andere Faktoren, insbesondere Carls lebhaftes Interesse für die Mädchen, die seinem Bruder gefielen. Mit aller Macht versuchte er, sie zu erobern, aber nicht alle ließen sich darauf ein. Bei jedem Mißerfolg jagte er dem betreffenden Mädchen Angst und Schrecken ein. Dadurch verdarb er auch Wallys Chancen.

Verständlicherweise glaubten die Mädchen, Wally würde genauso leicht die Beherrschung verlieren wie Carl, weil sie Zwillinge waren. Immer wieder würden sie Wally auf dieselbe Stufe wie seinen Bruder stellen, und deshalb mußte er sich von seiner Familie trennen. Ausführlich diskutierte er dieses Problem mit seiner Mutter, und sie stimmte ihm zu. Einen anderen Ausweg gab es nicht.

Er versprach, eines Tages zurückzukehren, doch das hatte er nicht vor. Soweit wie möglich wollte er sich von Carl entfernen und sich ein eigenes Leben aufbauen. In London hoffte er die gewünschte Anonymität vorzufinden. Niemand würde ihn dort ausfindig machen. Natürlich würde er seine Mutter und seine jüngeren Geschwister vermissen – vor allem Carl.

Trotz des Hasses, den Carl ihm entgegenbrachte, liebte er seinen Zwillingsbruder inniger als die anderen Familienmitglieder, seine Mutter ausgenommen. Mit allen würde er in Verbindung bleiben, ohne seine Adresse preiszugeben. Er wollte seiner Mutter regelmäßig Geld schicken und gelegentlich einen Urlaub mit ihr verbringen, aber ansonsten ein unabhängiges Leben führen.

Bald kaufte er ein altes Haus im Londoner Südosten und restaurierte es in seiner Freizeit. Glücklicherweise lebten in dieser Gegend keine irischen Emigranten. Niemand durfte nach Hause fahren und Wallys Aufenthaltsort verraten, bevor sich seine Beziehung zu Carl normalisierte. Vielleicht würde es nie geschehen, aber er gab die Hoffnung nicht auf. Dann lernte er Sally kennen, ein Mädchen aus Mittelengland, einige Jahre jünger als er. Sie heirateten heimlich, und nach einer Weile bestand er darauf, seine Familie zu benachrichtigen. Er versprach seiner Mutter telefonisch, so bald wie möglich mit seiner Frau heimzukommen. Aber es verstrichen zwei Jahre, bevor er sich dazu entschloß.

Er hatte Sally alles über seinen Zwillingsbruder erzählt. Zu seiner Erleichterung nahm Carl seine Schwägerin freundlich in der Familie auf. Auch er hatte vor einigen Monaten geheiratet und beteuerte, er sei überglücklich. In diesem Sommer verbrachten sie alle zusammen wundervolle Ferien.

Wally staunte über die Veränderung seines Bruders. Offenbar erkannte Carl, daß er keinen Grund mehr hatte, Wally zu beneiden. Seine Frau war ein lebhaftes, schönes Mädchen, viel attraktiver als Sally und sehr begehrenswert. Kein Mann konnte sich eine bessere Frau wünschen.

Inzwischen hatte Carl seine eigene Installationsfirma aufgebaut, und das Geschäft florierte. Allem Anschein nach hatte er Wallys Abwesenheit genutzt, um seinen wahren Charakter zu entwickeln. In finanzieller Hinsicht ging es ihm viel besser als Wally, der nur ein Rädchen in einem großen Uhrwerk war und sich auch gar nicht selbständig machen wollte. Er begnügte sich damit, für jemand anderen zu arbeiten.

Und so besaß Carl das größere Auto, das größere Haus. Falls er seine Position mit Wallys Schicksal verglich, was nicht anzunehmen war, hätte er vor lauter Genugtuung platzen müssen.

Bevor Wally abreiste, fragte Carl, ob er ihm irgendwie helfen könne, finanziell oder in anderer Beziehung. Damit beseitigte er Wallys letzte Zweifel. Jetzt hatte er nichts mehr von seinem Zwillingsbruder zu befürchten.

Überschwenglich bedankte er sich für das Angebot, aber er lehnte es ab, mit der Begründung, er habe alles, was er wolle. Eine Sekunde nachdem er diese Worte ausgesprochen hatte, erkannte er seinen Fehler. Womöglich würde es Carl zu denken geben, wenn er behauptete, er besitze alles, was er brauche. Denn Carl hegte vielleicht Wünsche, die er sich nicht erfüllen konnte. Und so bat Wally ihn um zwanzig Pfund, die er zurückschicken würde, sobald er in London eintraf. Erfreut überreichte Carl ihm das Geld und bat ihn, die lächerliche Summe zu behalten – als verspätetes Hochzeitsgeschenk. Damit war Wally einverstanden. Zum erstenmal in seinem Leben spürte er, was Freiheit bedeutete. In London hatte er stets befürchtet, Carl könnte plötzlich vor der Tür stehen und alles zerstören. Nun durfte er endlich aufatmen und alte Freundschaften mit den anderen irischen Auswanderern erneuern.

Vier Jahre nach der Hochzeit waren die Zwillinge immer noch kinderlos, obwohl beide Hausärzte versicherten, daß es dafür keinen erkennbaren Grund gäbe. Um dieser Zeit machten Carl und seine Frau Urlaub in London. Sie wohnten bei Wally und Sally, die sich eine Woche freinahmen, um ihre Gäste zu betreuen.

In dieser Woche amüsierten sie sich nach Herzenslust. Carl war keineswegs reich geworden, weil er jeden Penny umdrehte. Im Gegenteil, er gab sein Geld mit vollen Händen aus. Am Ende der Ferien verabschiedete er sich mit seiner Frau – erschöpft, aber glücklich –, und er versicherte, dies sei die schönste Woche seines ganzen Lebens gewesen.

Für Wally bedeuteten diese Tage noch viel mehr. Die normale brüderliche Beziehung, die er jahrelang ersehnt hatte, war in dieser gemeinsamen Zeit zweifellos entstanden. Die Zufriedenheit, die ihn jetzt erfüllte, fügte seinem Leben eine neue Dimension hinzu, und die Schatten der Vergangenheit waren endgültig verschwunden. Manchmal fühlte er sich sogar schuldig, weil er die neue Situation so intensiv genoß. Um dem Himmel für diese Gunst zu danken, beschloß er, seinen Mitmenschen stets gütig und selbstlos zu begegnen. Bald dachte er nicht mehr an die schrecklichen Ereignisse früherer Zeiten, und er blickte furchtlos in die Zukunft. Als er seiner Frau anvertraute, was in ihm vorging, gestand sie, daß auch sie maßlos erleichtert sei.

Wenig später erhielt seine Firma einen Auslandsauftrag, und Wally mußte für drei Wochen verreisen. Er konnte sich nicht weigern, sonst würde er seinen Job verlieren. Wortreich versicherte Sally, daß er sich um sie nicht sorgen müsse. Sie habe ihre Arbeit, und drei Wochen seien keine Ewigkeit. Als sie erzählte, während seiner Abwesenheit würde eine Kollegin bei ihr wohnen, schwanden seine letzten Bedenken.

Erst am Flughafen wurde er von einem seltsamen Gefühl der Einsamkeit erfaßt, unerwartet und schmerzhaft. »Nie hätte ich gedacht, daß es so schrecklich ist«, gestand er Sally, die sich einen halben Tag freigenommen hatte, um ihn zum Flughafen zu fahren.

»Es sind doch nur drei Wochen«, tröstete sie ihn.

»Aber die weite Entfernung . . . Ecuador liegt praktisch auf der anderen Seite des Globus.«

»Hör mal, du mußt nicht reisen.« Sally legte eine Hand auf seinen Arm. »So dringend brauchen wir das Geld nicht, und du findest jederzeit einen anderen Job.«

»Dafür ist es jetzt zu spät. In dieser Phase darf ich die Firma nicht im Stich lassen. So schnell finden sie keinen Ersatzmann. Und meine Kollegen . . . Nein, ich muß fliegen, obwohl ich's nicht will. Wenn ich hierbliebe, würde ich mich noch elender fühlen.«

»Um so schöner wird's, wenn du wiederkommst«, flüsterte sie.

Sie küßten sich, und er drückte sie fest an sich. Dann ließ er sie los, ohne ein weiteres Wort, und rannte zum Flugsteig. Bevor sie zum Parkplatz zurückkehrte, blieb sie eine Zeitlang reglos stehen.

In Ecuador stürzte sich Wally in die Arbeit. Wegen einiger Schwierigkeiten mit den Arbeitskräften mußte er etwas länger als vorgesehen in Südamerika bleiben. Abends schrieb er Sally lange Briefe und erklärte, er habe Heimweh und würde sich ganz schrecklich nach ihr sehnen. Sie antwortete, aber es dauerte mehrere Tage, bis ihre Briefe das Ziel erreichten, und so konnte er nur vermuten, wie es ihr in diesem oder jenem Augenblick ging. Aus ihren Zeilen sprachen Liebe und Sorge.

Endlich war der Auftrag erfüllt, und Wally fieberte seiner Heimkehr entgegen. Von Guayaquel schickte er ein Telegramm ab und teilte Sally den voraussichtlichen Ankunftstermin mit. Wegen einiger Verzögerungen dauerte die Reise etwas länger.

Müde, aber glücklich setzte er seinen Fuß auf englischen Boden, um acht Uhr morgens. Er lief zur nächstbesten Telefonzelle. Da Sally erst um acht Uhr fünfundvierzig zur Arbeit fuhr, würde er sie zu Hause erreichen. Während er die Nummer wählte, beschleunigte die Vorfreude seinen Herzschlag. Wie er sich nach dem Klang ihrer Stimme sehnte . . .

Zu seiner Enttäuschung meldete sie sich nicht. Eine volle Minute ließ er das Telefon läuten. Aber niemand nahm den Hörer ab. Dennoch machte er sich keine Sorgen. Oft genug hatte Sally verschlafen und ohne Frühstück das Haus verlassen müssen. Lächelnd stellte er sich vor, wie sie im komfortablen Doppelbett lag und friedlich schlummerte. Er hängte den Hörer ein und verließ die Zelle. Nach einer Tasse Kaffee und einem Sandwich beschloß er, noch einmal anzurufen. Er schaute auf seine Uhr. Um diese Zeit müßte sie noch zu Hause sein. Doch er hörte nur das Freizeichen. Seufzend hängte er ein.

Im Taxi tröstete er sich wieder mit dem Gedanken, daß sie einfach nur verschlafen hatte. Eine andere Erklärung fand er nicht. Oder war sie krank geworden? Dann wohnte sie vielleicht bei ihren Eltern, außerhalb von Northampton. Kurz entschlossen bat er den Taxifahrer, bei der nächsten Telefonzelle anzuhalten.

Seine Schwiegermutter meldete sich. Nein, Sally sei nicht bei ihr. Das letzte Mal habe sie vor drei Wochen von ihr gehört. Und damals sei alles in Ordnung gewesen. Er erzählte, er könne Sally daheim nicht erreichen, und ihre Mutter versuchte, ihn zu beruhigen. Sicher bestehe kein Grund zur Aufregung. Sally würde im Bett liegen. Wo solle sie denn sonst sein? Er rief ein drittes Mal zu Hause an. Ohne Erfolg.

Während er durch die Straßen fuhr, wuchs sein Unbehagen, und er stellte sich mehrere Fragen: Wo war das Mädchen, das während seiner Abwesenheit bei Sally gewohnt hatte? Eine der beiden müßte doch das Telefon hören. Und wo steckte seine Frau? Sie hatte doch gewußt, wann er ungefähr eintreffen würde. Lag sie immer noch im Bett? Und wenn nicht? Hatte sie diese Nacht nicht daheim verbracht? Und die anderen Nächte?

Vor seinem geistigen Auge entstanden schreckliche Visionen. Die schlimmste wagte er sich nicht auszumalen.

Als das Taxi sein Ziel erreichte, fürchtete er die nächsten Sekunden, wenn er das Haus betreten mußte. Und dann plagte ihn sein Gewissen, weil er Sally mißtraute, die in all den Jahren eine vorbildliche Ehefrau gewesen war. Sicher gab es einen völlig harmlosen Grund, warum sie sich nicht gemeldet hatte.

Nachdem er aus dem Taxi gestiegen war, blieb er zögernd vor der Tür stehen, suchte und fand den Schlüssel. Gerade wollte er ihn ins Schlüsselloch stecken, als er sich anders besann und auf die Türglocke drückte. Bevor er ein zweites Mal läutete, wartete er eine volle Minute. Nichts rührte sich. Da schloß er die Tür auf und betrat den Flur. Ihr Name lag auf seinen Lippen. Aber er brachte keinen Laut hervor. Langsam stieg er die Treppe hinauf zum Schlafzimmer, das sie vier Jahre lang geteilt hatten. Das Bett war leer.

Natürlich bestand immer noch die Möglichkeit, daß sie in aller Eile aufgebrochen war, um rechtzeitig im Büro einzutreffen. Er rief die Firma an und mußte eine Weile warten, bis er mit Sallys Chefin verbunden wurde. Seit einer Woche war seine Frau nicht mehr dagewesen, und sie hatte sich auch nicht gemeldet. Die Chefin hatte sie am vergangenen Freitagnachmittag das letzte Mal gesehen. Jetzt war Donnerstag. Nein. Sie wußte nicht, wo sich Sally aufhielt.

Mit belegter Stimme bat er, ob er das Mädchen sprechen dürfe, das während seiner Abwesenheit bei Sally gewohnt habe. Die Kollegin meldete sich sofort. Ja, sie hatte drei Wochen in Sallys Haus verbracht und angenommen, er würde wie geplant zurückkehren. Von seiner verzögerten Heimreise hatte Sally nichts erwähnt. Er legte den Hörer auf die Gabel und setzte sich auf die Treppe. Plötzlich wurde ihm übel, und er mußte sich übergeben. Dann taumelte er in die Küche, holte einen Lappen und wischte das Erbrochene weg.

Am Küchenschrank, direkt oberhalb der Spüle, steckte ein Nagel mit einem Zettel. Verzweifelt rang er sich dazu durch, die einzige Zeile zu lesen. »Ich bin mit Carl fortgegangen. Tut mir leid. Sally.«

Plötzlich brach das ganze Unglück, das er während seiner Kindheit erlitten hatte, wieder über ihn herein. Wütend zerknüllte er das Papier, warf es gegen die Wand, wo es zu Boden fiel, direkt vor seine Füße. Nach einer Weile ging er nach oben und legte sich aufs Bett. Wie eine gewaltige Woge rollte die Verzweiflung über ihn hinweg, bis er zu ertrinken glaubte. Noch nie in seinem Leben hatte er sich so elend gefühlt. Seine schlimmste Befürchtung war Wirklichkeit geworden.

Warum bin ich nach Ecuador geflogen? fragte er sich immer wieder. Er hätte wissen müssen, was unter bestimmten Voraussetzungen geschehen würde. Seiner Frau gab er keine Schuld. Sie hatte in seinem Schicksal eine unvermeidliche Rolle gespielt. Den ganzen Tag lag er im Bett, und nach mehreren Stunden quälte ihn das Grauen immer noch. Rastlos warf er sich umher, bis er vor lauter Erschöpfung in einem unruhigen Schlaf versank.

Als Wally erwachte, läutete das Telefon, und er stürmte zum Apparat. Die Stimme seiner Mutter begrüßte ihn. Sofort brach er in Tränen aus. Sie hatte die Tragödie bereits geahnt, als Carl in der vergangenen Woche verschwunden war, ohne sie zu verständigen. Ebenso wie Carl hatte sie von Wallys Reise nach Ecuador gewußt. Und als Carls verängstigte Ehefrau wenige Tage nach seinem Verschwinden vor Maisies Tür gestanden hatte, war es nicht schwer gewesen, zwei und zwei zusammenzuzählen.

Wallys Mutter erbot sich, für einige Zeit bei ihm zu wohnen, und er stimmte erleichtert zu. Am nächsten

Abend kam sie an und blieb einen Monat bei ihm. Beklommen lauschte sie seinen Schritten, wenn er nachts durch das Haus wanderte. Erst im Morgengrauen ging er zu Bett. Und selbst dann schien er keinen Schlaf zu finden. Mit blutunterlaufenen Augen erschien er am Frühstückstisch, und er mußte seine ganze Kraft aufbieten, um sich ins Büro zu schleppen.

Für die ersten Tage nach seiner Rückkehr hatte Wally sich krank gemeldet. Aber daheim verstrichen die Stunden noch langsamer. Deshalb beschloß er, wieder zu arbeiten. Das war immer noch besser, als in seinem Haus Trübsal zu blasen, wo ihn alles, was er anfaßte, an seine Frau erinnerte. Während sich eine Woche an die andere reihte, hörte er nichts von ihr. Immer wieder rief er ihre Eltern an, in der Hoffnung, sie hätten etwas erfahren. Aber sie mußten ihn enttäuschen.

Am Ende der vierten Woche konnte er endlich wieder schlafen, und auch sein Appetit kehrte zurück. Seine Mutter war dankbar für diese Symptome, die eine gewisse Normalisierung ankündigten. Er akzeptierte ihre Erklärung, sie sei nun lange genug bei ihm geblieben. Unter Tränen verabschiedete sie sich und versprach, sofort wiederzukommen, wenn ihn neue Depressionen quälten.

Schon am Ende des zweiten Tages nach Carls Verschwinden erholte sich seine Frau von ihrem Schock. Voller Elan kümmerte sie sich um das Geschäft, das sie gemeinsam mit ihrem Mann aufgebaut hatte. Statt eine Frau auf dem Chefsessel abzulehnen, waren ihr die Angestellten treu ergeben und arbeiteten härter denn je, um dem Unternehmen weitere Erfolge zu sichern.

Und sie nutzte ihre ganze weibliche Raffinesse, um die Belegschaft und die Kunden bei der Stange zu halten. Nur der Haß gegen ihren Mann war noch intensiver als ihr Ehrgeiz. Niemals würde sie ihm verzeihen. Wenn er zurückkehrte, würde die Firma noch höhere Profite erwirtschaften als zuvor. Aber sie würde ihn kalt und abweisend empfangen. Ihr Entschluß stand fest, und er half ihr über die ersten schwierigen Wochen hinweg, während sie sich alle Kenntnisse aneignete, die sie für die Leitung des Geschäfts brauchte.

Für Wally empfand sie kein Mitleid. Immerhin war er der Zwillingsbruder des Mannes, der sie verlassen hatte. Welch ein Schwächling, dem es nicht einmal gelungen war, seine unscheinbare Frau an sich zu binden! Auch Maisie Hern, die Mutter des Schurken tat ihr nicht leid. Allmählich verdrängte sie die Erinnerung an ihren Ehemann, dank unermüdlicher Arbeit. Indem sie ihren eigenen Weg ging, würde sie eines Tages auch die letzte Erinnerung an Carl auslöschen. Dies war ihr einziges Ziel, dieser Gedanke gab ihr Kraft.

Sechs Monate vergingen, bis Wally Hern endlich wieder seine Umwelt wahrnahm. Der Kummer begleitete ihn immer noch, trat aber allmählich in den Hintergrund – nicht mehr so schmerzlich, nicht mehr so überwältigend wie am Anfang.

Im nächsten Frühjahr besuchte ihn seine Mutter für ein paar Tage. Er sah mitgenommen aus, wirkte aber einigermaßen gesund. Obwohl er immer noch spät zu

Bett ging, schlug er sich wenigstens nicht mehr die Nächte um die Ohren, wanderte nicht mehr stundenlang durchs Haus. Trotzdem blieb sie lange wach, vor lauter Sorge um ihn.

Immer wieder fragte sie sich, was zu dieser Tragödie geführt hatte. Sicher, Carls Neid war von Anfang an offensichtlich gewesen. Doch das konnte nicht die einzige Erklärung sein. Hätte ihr Mann sich seiner Verantwortung nicht entzogen, wären sie vielleicht niemals in diese schreckliche Situation geraten. Auch ihren Schwiegertöchtern machte sie Vorwürfe, vor allem Carls Frau, deren Unternehmungsgeist ihr mißfiel.

Sich selbst gab Maisie keine Schuld. Sie hatte ihr Bestes getan. Gewiß, es war nicht genug gewesen. Aber welche Mutter hätte unter ähnlichen Umständen mehr tun können? Nach drei Tagen reiste sie nach Hause. Wally versprach, die Sommerferien mit ihr zusammen zu verbringen. Aber sie wußte, daß er sein Haus nicht verlassen würde, nicht einmal für einen einzigen Tag, solange er sich noch an die schwache Hoffnung klammern konnte, daß seine Frau eines Tages zurückkommen würde.

Am Heiligen Abend sperrte Sally lautlos die Tür auf, nach fünfzehnmonatiger Abwesenheit. Dann stand sie im Flur und wagte sich keinen Schritt weiter. Wally spürte den unerwarteten Luftzug und wußte, daß die Haustür geöffnet worden war. Außer ihm gab es nur noch eine Person, die einen Schlüssel besaß. Unsicher erhob er sich von seinem Stuhl, sein Herz schlug wie rasend. War sie endlich zurückgekehrt? Durfte er das hoffen? Ehe er die

Küchentür öffnete, mußte er seinen ganzen Mut zusammennehmen. Und dann sah er sie.

»Frohe Weihnachten«, würgte er hervor, nahm sie in die Arme, legte zärtlich einen Finger auf ihre Lippen, als sie ihn um Verzeihung bitten wollte.

Auch später, nachdem sie sich geliebt hatten, wollte er keine Erklärung hören, keine Selbstvorwürfe. Zum ersten Mal seit ihrem Verschwinden schlief er tief und fest, und er erwachte erst kurz vor Mittag.

»Wir müssen reden«, sagte Sally beim Frühstück.

»Nicht nötig. Du bist wieder da, nur das zählt.«

Beharrlich weigerte er sich, ihr zuzuhören. Und wann immer sie zu reden anfing, brachte er sie mit einem Kuß zum Schweigen.

Am Abend traf Carl ein. Wally öffnete ihm die Tür. Lautlos schob sich der Bruder an ihm vorbei und stürmte in die Küche, wo er Sally zur Rede stellte. Ohne Wally zu beachten, der ihm gefolgt war, stieß er sie auf einen Stuhl. »Warum hast du mir nichts gesagt?« Wütend starrte er sie an, und sie fürchtete, geschlagen zu werden. Aber er ließ die Arme hängen, die Hände geballt. »Warum bist du einfach davongeschlichen?«

»Sprich nicht so mit meiner Frau!« mahnte Wally.

Da drehte Carl sich um und spuckte ihm vor die Füße. »Deine Frau!« spottete er. »In der Tat, deine Frau! Mit deiner Frau rede ich nicht, teurer Bruder, sondern mit meiner.« In seiner Stimme schwang wilder Haß mit. Er hob einen Arm, aber Wally packte seine beiden Handgelenke und hielt ihn eisern fest. Mühelos drückte er ihn auf einen Stuhl. Carl tobte und fluchte, konnte sich aber nicht wehren.

»Jetzt wirst du gehen und nie wieder zurückkommen«, befahl Wally. »Mein Leben lang wolltest du alles haben, was mir gehörte – meinen Hund, meinen Seelenfrieden, meine Erfolge, meine Frau. Damit ist jetzt endgültig Schluß. Du kannst mir nichts mehr wegnehmen.«

»Doch – dein Leben!« fauchte Carl.

»Paß bloß auf, daß ich dir deins nicht nehme!« warnte Wally, ließ ihn los und legte einen Arm um Sallys Schultern. »Geh endlich und kümmere dich um deinen eigenen Kram! Wenn du mir noch einmal in die Quere kommst, wirst du es bereuen. Verschwinde! Und fröhliche Weihnachten!«

Carl sprang auf und wandte sich an Sally: »Schau mir ins Gesicht! Schau mir in die Augen – und schick mich weg!«

Langsam hob sie den Kopf und hielt seinem Blick stand. Dann sagte sie leise und unbeirrt: »Das ist mein Mann, und das ist mein Heim.«

»So?« Carls Gesicht verzerrte sich vor Zorn. »Und wenn ich ihm von unseren gemeinsamen Erlebnissen erzähle? Auf dieses Heim hast du kein Recht mehr, und auf ihn auch nicht. Du bist freiwillig mit mir gegangen. Oder habe ich eine Hure in den Armen gehalten? Antworte mir – dann werde ich widerspruchslos verschwinden.«

»Noch ein Wort – und ich schlage dich grün und blau!« drohte Wally.

»Hast du Angst vor der Antwort?« höhnte Carl.

»Okay, ich habe dich gewarnt!« stieß Wally heiser hervor, und seine kraftvolle Faust landete im Gesicht des Bruders. Carl stürzte zu Boden, und Wally beugte sich über ihn, um ihn notfalls noch einmal niederzustrecken.

Wie durch Zauberei erschien eine Pistole in Carls rechter Hand, und Wally erstarrte.

Nie zuvor hatte er in die Mündung einer Waffe geblickt. Und was er in Carls Augen las, eine schreckliche Endgültigkeit, jagte ihm einen kalten Schauer über den Rücken. Plötzlich wußte er, wie die Szene enden würde. Verzweifelt sprang er vor, um die Katastrophe zu verhindern. Aber da richtete Carl die Pistole bereits auf die eigene Brust und feuerte.

Die Waffe fiel ihm aus der Hand, Blut quoll aus der Wunde. Eine Sekunde später war er tot. Das erkannte Wally, sobald er den Kopf seines Bruders hob. Und der Tod nahm die höhnische, verächtliche Miene weg und überzog Carls Gesicht mit einem sanften Glück. Noch nie hatte Wally ihn so lächeln sehen.

Vielleicht hatte Carl endlich das gräßliche Rätsel gelöst, das ihn sein Leben lang gequält hatte.

Der Weihnachtszwang

Man kann den Ansprüchen des Weihnachtsfestes nicht ausweichen. Diese Forderungen muß man sofort erfüllen, und sie zählen zu den härtesten Prüfungen der Menschheit. Wenn Sie gern was trinken, gönnen Sie sich ein Glas. Das hilft Ihnen, das Richtige zu tun. Nicht mal ein loderndes Kaminfeuer wird ein gefrorenes Herz so schnell auftauen wie ein Schluck Whisky. Oft genug hab' ich das erlebt.

Aber ich konnte auch beobachten, wie der Whisky ein Weihnachtsfest zerstörte, denn ohne Höchstlademarke oder Kompaß ist er eine gefährliche Fracht. Man muß ihn behandeln wie Dynamit.

Andererseits griff ein normalerweise kaltschnäuziger Mann, vom Weihnachtsgeist und Alkohol durchdrungen, zum Telefon und bat seine verstoßene Tochter, heimzukommen. Diesen Wunsch erfüllte sie mit Freuden, und die beiden verziehen einander. Danach war er nur mehr halb so gemein. Also, meine Freunde, es kann Wunder wirken, wenn man Weihnachten bei den Hörnern packt.

Schämen Sie sich nicht, falls Sie sentimental werden und Tränen vergießen. Im nächsten Jahr kriegen Sie vielleicht keine Chance mehr, der Welt Ihre Menschlichkeit zu zeigen. Und, was zum Teufel, ist die Menschlichkeit schon wert, wenn sie von übertriebener Vorsicht unterdrückt wird? Darin liegt der Sinn des Weihnachtsfestes – daß man aus dem natürlichen Vorrat seiner Menschlichkeit schöpft und seine Gaben dort verteilt, wo sie den edelsten Zweck erfüllen.

Wenn Sie zweimal über die Impulse nachdenken, die Sie zur Versöhnlichkeit und Güte und Liebe treiben, versäumen Sie den Zug. Die Großzügigkeit verringert sich, während man sie zu ergründen sucht. Und die Milch der menschlichen Milde stammt nicht von Kühen oder Ziegen, sondern aus dem Menschenherzen, diesem grandiosen Hort des Mitleids und der Hoffnung.

Wenn man sich einmal im Jahr dem Weihnachtsgeist unterwirft, vergibt man sich nichts. Aber für manche Menschen ist der Geburtstag des Herrn ein Tag wie jeder andere, wo sie stehlen und morden. Trotzdem wird der Weihnachtsgeist weiterleben, auch in künftigen Zeiten, wenn diese Schurken längst vergessen sind.

Immerhin hat der Weihnachtsgeist die Stalins und Hitlers und Mussolinis überlebt und all jene, die seit Christi Geburt ein Unrecht nach dem anderen begingen. Er überlebt die Habgier, den Neid und andere menschliche Gefühle, die man besser nicht erwähnt.

All die Monde, die seit der Geburt des Herrn zu- und abgenommen haben, werden bezeugen, daß nichts so beständig ist wie Weihnachten. Wenn sein Geist die Habsucht, die Unmenschlichkeit und Gewalttätigkeit auch nicht lindert – er existiert. Dagegen können die Bösewichte nichts tun, und das ist ein großer Trost.

Falls man Weihnachten offiziell abschaffen wollte, würde das nur eine Zeitlang funktionieren. Allzu lange läßt es sich nicht verdrängen, weil es das schönste aller Feste ist.

Natürlich gibt es diverse Möglichkeiten, individuelle Weihnachtsfeste von Einzelpersonen, Familien oder Gemeinden zu verderben. Und es gehört zu den schlimmsten Methoden, betrunken Auto zu fahren. Trinken Sie nach, aber nicht vor einer solchen Fahrt. Sagen Sie sich einfach: Ich genieße ein paar Weihnachtsdrinks, sobald ich am Ziel bin. Niemals vorher. Dies ist mein Weihnachtsgeschenk für die Mitmenschen.

Man kann auch Streit in einem Pub oder Hotel anfangen und das Weihnachtsfest hart arbeitender Leute zerstören, die in diesen Stunden, da andere feiern, viel zu tun haben. Oder man ärgert seine Familie, indem man sich betrinkt oder eklig benimmt oder – noch schlimmer – kaltes Desinteresse zeigt.

Aber das sind nur einige von vielen Methoden. In meinem Herzen weiß ich, daß Sie, lieber Leser, niemals so gräßliche Dinge tun würden. Versuchen Sie's doch! Da man im Himmel experimentierfreudige Leute liebt, werden Sie bald dort landen.

Glauben Sie nicht, ich wolle Ihnen eine Predigt halten. Ich will nur erklären, wie das Weihnachtsfest verlaufen sollte. In dieser Zeit bieten sich so wunderbare Chancen. Das Klima eignet sich hervorragend, um die besseren Seiten unseres Wesens hervorzuholen. So wie im Frühling die Wiesen grünen, wächst zu Weihnachten unsere Liebe.

Infolge seiner Natur kann der Mensch nicht das ganze Jahr gütig und edel sein. Deshalb müssen wir das Beste aus Weihnachten machen.

Legt Holz ins Feuer, der Wind ist kalt!
Aber laßt ihn heulen, wie er mag,
Wir genießen den Weihnachtstag.

Das schrieb der berühmte Walter Scott, bevor Dickens das »Weihnachtslied« verfaßte, das manche Leute zu der Vermutung verleitete, er hätte das Weihnachtsfest, so wie wir es kennen, erfunden. Weihnachten wurde nie erfunden, sondern aus der Liebe geboren, und es verströmt immer nur Liebe.

Einmal fragte ich eine alte Frau, was sie täte, wenn es kein Weihnachten gäbe. »Keine Ahnung«, erwiderte sie. »Aber um was anderes würde ich mich nicht kümmern.«

Ich persönlich weiß nicht, wie ich ohne Weihnachten weiterleben könnte. Natürlich wäre es sinnlos, Whisky zu trinken, denn der würde mich an Weihnachten erinnern. Das Weihnachtsfest – abgeschafft? Eine ödere Welt vermag ich mir nicht vorzustellen. Nichts wäre grandios genug, um Weihnachten zu ersetzen. Deshalb sollten wir Gott auf den Knien für die Existenz dieses Festes danken.

Ohne Weihnachten gäbe es kein »Adeste«, kein »Stille Nacht, heilige Nacht«, keine Weihnachtsgesänge, keinen Weihnachtsmann. Und hier könnte ich noch mehr Dinge aufzählen. Ohne Weihnachten gäbe es gar nichts, denn es ist der Sockel, auf dem das restliche Jahr ruht.

Falls Sie gerade allein sind und nichts anderes zu tun haben, erinnern Sie sich doch mal an die Dinge, auf die wir verzichten müßten, wenn wir Weihnachten verlieren würden. Nichts anderes übt eine so segensreiche Wirkung auf das Menschenherz aus. Und halten Sie Weihnachten um Himmels willen nicht für selbstverständlich! Und wenn Sie noch nichts für das Fest getan haben, fangen Sie endlich damit an! Oder Sie begehen ein gräßliches Verbrechen, indem Sie versuchen, Weihnachten zu unterminieren.

Band 12593

Mia U. Schnor

Süßer die Katzen nie mausen

Weihnachten sei für die Katz, heißt es. Tatsache ist aber: die meisten Katzen kommen bei diesem Fest - wenn überhaupt - zu kurz. Das muß anders werden, verlangen Katzenfreunde über die Grenzen der Geschlechter, Konfessionen und politischer Parteien hinweg - und das wird dieses Büchlein mit seinen Wohlfühl-, Schnurr- und Streicheleinheiten ändern. Garantiert!

Aus dem Inhalt: Welcher Baum paßt zu welcher Katze? • Es ist für uns eine Maus angekommen • Denkt euch, ich hab'nen Goldfisch gesehen • Morgen, Kätzchen, wird's was geben • Womit man Katzen das Fest vermiesen kann und viele andere Anregungen.

BASTEI LÜBBE

Band 12421

Kleine & Linzenich

Weihnachtsspitzen

Hallo, Ihr Adventsaktivisten und Weihnachtsfanatiker, und Ihr, die Festneurotiker und Heilig-Abend-Muffel, an keinem von Euch soll die schönste Zeit des Jahres spurlos vorübergehen.
Dafür sorgt dieser bittersüße Adventscocktail aus boshaften Briefen, bissigen Gedichten und besinnlichen Geschichten, zurechtgemixt von Nikolaus Kleine und Ferdinand Linzenich, zwei Intellektuellen im Lausbubenpelz, die sich mit Haut und Haaren dem Literaturkabarett verschrieben haben. Es weihnachtet sehr in ihrem »satirischen Adventskalender«, nur eben nicht auf die übliche Art…
Weihnachtsspitzen in des Wortes doppelster Bedeutung.

BASTEI
LÜBBE

Band 12592

Dieter Höss

HÖSSliche Weihnacht

Alle Jahre wieder geht es in deutschen Landen heiß her, angefangen mit dem unheiligen Advent und der verbissenen Geschenkejagd durch Einkaufsstraßen und Kaufhäuser, vorbei an tausend falschen Wattebärten bis hin zum Fest der Liebe, zur gebratenen Gans, zum Weihnachtsgebäck und zum Glühwein. Auch danach ist Weihnachten noch längst nicht vorüber. Wem der Zimmerbrand erspart geblieben ist, der tut Buße beim Geschenkaustausch, und der Tannenbaum ist längst entsorgt, wenn die allerletzte Nadel piekst ...

BASTEI LÜBBE